果然我的
青春戀愛喜劇
搞錯了
日本小學館正式授權繁體中文版

# 果然我的青春戀愛喜劇搞錯了

My youth romantic comedy is wrong as I expected.

## 登場人物【character】

**比企谷八幡**……… 本書主角。高中二年級，個性相當彆扭。

**雪之下雪乃**……… 侍奉社社長，完美主義者。

**由比濱結衣**……… 八幡的同班同學，總是看人臉色過日子。

**材木座義輝**……… 御宅族，夢想成為輕小說作家。

**戶塚彩加**………… 隸屬網球社，非常可愛的男孩子。

**川崎沙希**………… 八幡的同班同學，有點像不良少女。

**葉山隼人**………… 八幡的同班同學，非常受歡迎，隸屬足球社。

**三浦優美子**……… 八幡的同班同學，地位居於女生中的頂點。

**海老名姬菜**……… 八幡的同班同學，隸屬三浦集團。是個腐女。

**相模南**…………… 八幡的同班同學，隸屬女生中的第二大團體。

**城迴巡**…………… 學生會長，高中三年級。

**平塚靜**…………… 國文老師，亦身為導師。

**雪之下陽乃**……… 雪乃的姐姐，大學生。

**比企谷小町**……… 八幡的妹妹，國中三年級。

2年F班 校慶出展企劃書

# 音樂劇《小王子》

◆概要

由葉山隼人領銜主演，集結夢幻陣容，將不朽名作《小王子》原汁原味搬上大舞台！

◆對象

總武高中女性學生、其他學校女性學生、女性監護人。

◆角色

☆我：有點自甘墮落的飛行員。飛行途中迫降於沙漠，導致自甘墮落的個性更加惡化。

☆小王子：純潔無瑕的美少年。正因為純潔，擅長言語調情。

☆國王：自尊心強烈，視自己的名譽為第一生命；妄自尊大，喜歡使用命令口吻。好想把他的自尊心徹底粉碎。

☆自戀男：老是陶醉在自己的世界中，以為大家都喜歡自己，但他其實是一個很沒自信的害羞青年。這種類型的人最容易被攻陷。

☆酒鬼：整天耽溺於酒精。很有可能是想起過去的男人，沉浸在自己的境遇中。調情用的招牌台詞是：「別喝酒了，來喝我吧。」

## ◆大綱

☆商人：一面高呼自己有多麼重要，一面主張天上星星所有權的浪漫主義者。好想用力拉他的領帶。

☆點燈人：受規則束縛、工作認真、老是弄得一身煤黑的粗獷勞動派。滿是髒汙的連身工作服好吸引人。

☆地理學家：求知慾旺盛，渴望得知各種知識的家裡蹲。「讓我看看你的馬特洪峰吧」、「你看，這是我的珠穆朗瑪峰……」等台詞實在是太有名了。

☆狐狸：小王子在地球交到的第一個朋友，殷勤地告訴他許多重要的事。

☆蛇：會對小王子露出毒牙。

☆「我」的飛機出問題，迫降在沙漠中。正當「我」想盡辦法要把飛機修好時，正太「小王子」出現了。兩人交談的過程中，漸漸受到對方吸引……

☆小王子對「我」下戰帖，炫耀自己跟眾多男性的華麗情史，「我」的心中燃起嫉妒之火，無奈他的心意沒有傳達給對方，小王子被「蛇」先一步搶走。

☆這時，「我」才意識到，真正重要的東西用眼睛是看不到的，那麼，真正的愛又為何物……

# 果然海老名姬菜的音樂劇腐得一塌糊塗

……真是感人的好故事啊。

別開玩笑了！怎麼可能？

我看完企劃書，默默將這一疊紙放回桌上。

這一疊玩意兒頗有厚度，散發出一種難以名狀的獨特氣息。如果死者之書（註1）真的存在，大概就是像這個樣子。

企劃書的封面寫著「音樂劇《小王子》」。從這個標題看來，感覺會上演一齣熱血的網球大賽。

時序進入秋季。說到秋天，當然少不了校慶；說到校慶，便代表班上同學將團結一心籌劃活動。對貫徹孤傲性格的人來說，略顯無聊的時節又將來到。

我的班級——這樣說不太對，我跟班上同學並沒有熟到這個程度，也沒有什麼

註1　美國作家霍華德・菲利普斯・洛夫克拉夫特虛構之魔法書《Necronomicon》。

依戀……總之從今天開始，我所屬的二年F班也要開始為校慶做準備。

經過一番風波，最後班上決定在校慶推出戲劇表演。這是透過多數決產生的結論，代表沒有我出場的份。不論何時何地，我都站在少數這一邊。

決定要演戲後，再經過一番意見徵詢，便出現目前這個候選的劇本。

——《小王子》。

《小王子》是法國作家聖修伯里撰寫的著名小說，即使是沒有讀過的人，大多也知道這部作品。有些人可能認為「咖哩王子（註2）」是由此衍生的相關商品，但兩者其實完全沒有關係，這點請大家務必留意。

故事大綱如下：主角「我」是一名飛行員。「我」的飛機故障，迫降於撒哈拉沙漠中，在那裡遇見「小王子」。兩人聊了許多話題，同時逐漸瞭解什麼才是真正重要的事物。

這是一部舉世皆知的作品，做為高中生的戲劇劇本是再適合不過。

可惜唯一有問題的地方，在於寫腳本的人是海老名姬菜……

在海老名寫的劇本中，開頭是讓人看了便絕望的角色設定、劇情大綱，再勉強看下去，竟然出現「我去過的星球有一百零八顆喔」、「某飛行員與變態王子」之類的字眼，我索性舉起雙手投降。

那個女的，腦袋裡到底在想什麼啊……我用恐懼的視線看向海老名，她本人扭

註2　由日本SB食品公司推出的咖哩包，以小孩子為主打客群。

扭捏捏地顯得很不好意思。

「總覺得有點丟臉……」

不不不，這根本不是「一點」，而是真的很丟臉！

我默默折起企劃書，決定不要介入這個活動。

現在是班會時間，整間教室籠罩在一片低氣壓之下。

「應該差不多了吧？」

等大部分的人看完資料後，葉山環視四周出聲詢問。這本來是班長該做的事，但因為他是個相當清純的少年，承受不了這種題材的震撼教育而僵在原處。

「嗯，那麼……各位覺得如何？如果有什麼問題，或是可以改善的地方……」

我只看到滿滿需要改善的地方。

這時，一名女生舉手發問。

「演員裡面沒有女生嗎？」

「咦，要女生做什麼？」

海老名不解地把頭偏向一側。可是這位腐小姐，麻煩稍等一下，原作《小王子》內的確沒有女性角色，不過，作者以女性形象刻劃故事中的玫瑰，因此我認為還是演得出來。而且不只是玫瑰，狐狸跟蛇要怎麼安排，也應該再思考一下。不妨像劇團四季演出的「獅子王」那樣，採用擬人化方式表演。

接著又有一個人舉手。

「這在公共秩序跟善良風俗上沒問題嗎？」

「這是適合全年齡觀賞的普遍級，沒有問題！」

誰問妳分級的問題……

班上大部分的人似乎也很頭痛，不知道該做何反應。小田和田原那幾個人對腐女的喜好有一定程度的理解，還苦笑得出來；至於其他女生們，除了幾個能理解的人，其他都面露難色。

「我我我！」在這其中，倒是有個傢伙高舉起手，發出聽了就不爽的聲音。「不過，我認為還不錯啊。」

哎呀，戶部是打算豁出去為自己加分嗎？青少年一談起戀愛，判斷能力是會大幅下降的，或者該稱這一點為「可愛」？反正，大家都是這樣過來的，就連我在國中時也費了不少功夫，只為了跟喜歡的女生在同一時間回家，可是，後來在背地裡被說是「跟蹤狂」，害我差點掉下眼淚……大、大家也幹過這種事對不對？不、不可能只有我一個人吧……

戶部見周圍同學的反應不怎麼熱烈，繼續強調：

「大家不覺得很有意思嗎？跟一般的戲劇比起來，這樣可能更受歡迎喔！」

其他同學聽到這種想法，開始你看我、我看你，紛紛陷入沉思。

……好吧，確實有道理。這畢竟是一齣音樂劇，不是BL小說，正式搬上舞台演出時，說不定會跟現在看到的文字綱要大不相同。看到一群陽剛的高中男生，穿著奇裝異服談情說愛，的確不失為一種幽默短劇。

要說在校慶這種場合推出的表演，最重要的衡量標準為何，答案是「有趣」跟「與眾不同」。姑且不論ＢＬ內容究竟好不好，以及負責執筆的海老名秉持什麼樣的信條，眼前這份劇本同時滿足以上兩個條件，基本上是沒有問題的。

「嗯，我認為那也是一種方向，而且校慶不適合太正經的題材……這之間的區別我還分得出來！」

海老名是一個懂得分辨的人。說不定她正是懂得分辨，才決定寫出這樣的劇本。一想到此，我又覺得更恐怖。

「總之，先忽略角色設定不看，想辦法強化故事裡的笑點，這樣沒問題吧？」

葉山做出結論，其他人也不再反對。

嗯，既然要在校慶上表演，與其大家正經八百地好好演戲，把故事變成搞笑劇才是正確決定。太認真的話只會覺得難為情，再說，即使演出不成功，也可以用「反正我們演的是搞笑劇」帶過去。

塞進各式各樣的笑料，用輕鬆的心情表演，無疑是更好的選擇。

「那麼，就這麼決定囉。」

葉山說完，底下同學紛紛鼓掌。這時，下課鈴聲剛好響起。

大家用了整節班會課的時間，終於凝聚出共識。雖然接下來還有很多東西必須決定，至少現在要開始動起來了，距離校慶還有一個月左右，無聊的活動將通通再上演一次。

我懷著些許陰鬱，從座位上起身。

# 暴風雨之中，比企谷八幡持續打滑

秋風撥弄著窗簾。

風從微微開啟的窗戶吹進來，窗簾翻飛而起，露出窗外染成紅色的卷積雲。這樣的景色重複兩、三次後，我停下翻閱書本的手。不斷從視線邊緣晃過的細微動靜很礙眼，讓我頻頻分心，根本無法專心閱讀。

相較之下，坐在長桌的另一端、跟我處於對角線上的少女——雪之下雪乃，則是從剛才到現在都一動也不動。

她的視線落在手上的文庫本，靜靜地掃過一行又一行文字。她大概是因為背對窗戶，看不到窗簾，才有辦法那麼專心。

早知道的話，我也應該坐去對面……儘管心裡這麼想，但現在大家的座位都已固定下來，任意更換只會讓人坐立不安（如同字面上的意思）。

平常我總是坐在遠離窗戶、晒不到陽光的地方，雪之下則偏好背向和煦陽光的位置，然而現在進入初秋，日照時間逐漸縮短，斜陽跟著黯淡下來。

暑假已經結束，九月也過了好幾天。白天時，夏日的氣息仍顯濃烈，不過像現在到了傍晚，會不經意地吹起陣陣涼風。

第二學期的生活並沒有什麼改變。我跟雪之下如同以往，準時參加社團活動。雖然我們來到社辦，也只是專心埋首於各自的書中，由比濱則負責干擾，把玩她裝飾得超級沒品味的手機。

這時，一陣更強的風吹進來，窗戶喀嗟喀嗟地發出顫動。窗簾被風吹起，啪沙啪沙地玩弄我看到一半的書頁。你——有——完——沒——完！從剛剛到現在一直在那裡鋼鐵鋼鐵的，難道是龐球不成（註3）？

我的耐心快被磨光，咂一下舌瞪向窗戶。

吹進來的風固然很擾人，可是窗簾未免太容易被影響吧？到底有沒有一點主見？可以被風吹起來的東西，只有在千葉海洋球場被打出去的球（註4），跟可愛小女孩的裙子。

才說到裙子，我的視線一隅便出現一條裙子，輕飄飄地任風逗弄。那條裙子的主人，亦即由比濱，從距離我這裡一張半椅子的隔壁座位站起，「啪」的一聲關上窗

---

註3 出自漫畫《世紀末領袖傳》的角色，其防禦技「鋼鐵」（カーテン）與「窗簾」同音。

註4 海洋球場很靠近海邊，每秒達到十公尺以上的風算是稀鬆平常，因此選手在這裡打出去的球容易受風影響。

戶。她的裙襬搖曳之大膽，讓我不禁懷疑裡面是不是藏有神奇寶貝，差點產生上前把她收伏的衝動。

呼……我拉鍊裡的神奇寶貝也差點興奮起來……

「風越來越大了呢。」

由比濱開口說道，但是沒有人應聲，唯有窗戶喀噠喀噠地繼續震動。

她不氣餒，繼續說下去。

「聽說有颱風要來喔。」

既然她開了第二次口，我跟雪之下也不能再裝傻下去，因而從書中抬起頭。由比濱見狀，稍微鬆一口氣。

「之前放假的時候，明明都是好天氣。」

「是嗎？我怎麼記得每天都是陰天。」

我抱持懷疑的態度，搜尋起自己的記憶，但實在不記得哪天太陽特別燦爛。雖然外出的那幾天，的確是豔陽高照沒錯啦……

「那是因為你都不出門，才不知道吧？」

由比濱趁機嘲笑我一下。對，妳說的沒錯。

「……亂講，是因為最近的遮光窗簾效果太好，室內才變得比較陰暗。」

「很會社交（註5）卻很陰暗？」

註5「遮光」和「社交」的日文發音相同。

由比濱滿臉問號地詢問，我也一臉不解地問回去：「啥？」

「咦？」

我跟由比濱疑惑地對望，幾秒鐘後才發現兩人在雞同鴨講。喂，她那個問題該不會是認真的吧？哎喲，討厭啦～這個女的好可怕！

一旁的雪之下見我們的對話陷入無解狀態，「啪」的一聲闔上書本，略帶猶豫地開口。

「……為了保險起見，我還是解釋一下。遮光窗簾指的是可以擋住陽光的窗簾。」

「咦……啊，對，沒錯！我……我早就知道了……」

由比濱說出後半句話前的短暫空白，想必是吃了一驚。而且，儘管她嘴巴上說知道，最後卻很明顯地別開視線。我用同情的眼神看向她，稍微替她緩頰。

「嗯，沒錯。對日本人來說，遮光這檔事的歷史非常悠久，在過去的繩文時代，還有遮光器土偶這種東西，可見我們是個充滿遮光性的民族。」

日本人這個民族，背負著喜好黑暗、厭惡光明的命運。哇～天啊～說這種話真是像極了中二病～

「喔～原來是這樣！啊，不過經你這麼一說，真的很有道理呢，當時的豎穴式住居也沒有窗戶。」

由比濱的語氣中滿是佩服，相較之下，雪之下卻頭痛似地按住額頭，輕嘆一口氣。

「遮光器土偶只是形狀很像因紐特人（註6）避免雪地反光所配戴的遮光器，跟遮光一點關係都沒有……」

她自言自語似地低聲吐槽。在她以清晰的語調說完那一長串話之前，現場再也容不得其他聲響。

「啊，這樣啊。原來……」

得意洋洋地賣弄一番後，才發現自己知道的是錯誤知識時，感覺真是糗極了。這樣一來，對話再也無法進行。更何況這次的狀況不同，我連用曉以大義的口吻回嘴都沒有辦法。

「……」

「……」

雪之下大概是體會到我的處境，沒有再說什麼。

她再度埋首於自己的書中，我也用一隻手托著臉頰，另一隻手啪啦啪啦地翻著文庫本。

遠方傳來呼嘯的風聲，宛如在為JR東日本鐵路打廣告（註7）。社辦內某人的咳嗽聲格外響亮。

---

註6　美洲的原住民，分布於北極圈周圍。

註7　日文經常使用「びゅうびゅう」描寫風聲，びゅう同時是東日本鐵路套裝旅遊服務網站（VIEW）。

當我察覺時，連秒針的細微滴答聲都聽得到。

凡是人類，大多會在同樣的時間點注意到沉悶。由比濱這時突然想起什麼似的，深呼吸一次後開口：

「自閉男，多出去走走保證對你比較好。聽說身體會製造那個叫做……維生素C的東西喔。」

「是維生素D才對吧？製造維生素C，難不成妳是檸檬？人類才沒有辦法自己產生那種東西。」

「是嗎？」

「對。順帶一提，每個星期只要晒兩次太陽，一次三十分鐘，由此產生的維生素D便很足夠，根本不需要特地跑出家門。」

我帶著「哼哼～怎麼樣」的表情幫她補充知識。本人的目標是私立大學的文科系，對於雜學類的小知識也很拿手。說不定這正是私立大學文科學生的特色。

由比濱大概是震懾於我的知識量，臉上露出戰慄的表情。

「你怎麼知道得那麼詳細……健康魔人嗎？好不舒服……」

結果我聽到的，卻是這麼過分的話。

「……以前家人也跟我說過同樣的話，我才特別去查資料。」

「還特別去查資料，你那麼不想外出嗎……」

「果然是家裡蹲。」

「妳管我……」

為什麼妳會知道我國中時的綽號？

我原本打算接著反問這句話，最後還是作罷。反正不說也好，嗯，沒錯。仔細想想，這又不是什麼有趣的吐槽，說出來都嫌浪費口水。而且在這種情況下，選擇不說話才是正確的吧？其他人跟自己說一點什麼，我們便容易得意忘形，試著說一些話吐槽，結果現場所有人都冷冷地不答腔……那些往事突然在腦中甦醒，害我鬱悶起來。

話雖如此，即使當時我選擇不說話，大家一樣不會有任何反應。

「……」

「……」

雪之下只是無趣地望著文庫本，眉毛動也不動一下。由比濱察覺到她冷淡的態度，刻意用笑聲填補這段沉默。

「啊、啊哈哈……自閉男，你真的很自閉呢～」

「喂喂喂，這可是從神話時代起便受人崇拜至今者所抱持的正確處世態度，連日本神話中的主神——天照大神都是個家裡蹲。」

我仿效過去的神話，堅持待在家裡不出門。換句話說，採取跟神明相同行為的我，正是新世界的神。

「日本神話裡的神明，不見得通通代表正義。」

「咦，真的嗎？」

「嗯……如果是多神教，的確有不少那種情形。」

事實上，那些神明動不動便喜歡亂來。只要仔細讀一下神話，保證會發現一堆做夢也想不到的荒誕怪事。

經我們這麼說，由比濱感慨地沉吟。

「本來以為祂們會被叫做神明，代表都很完美呢。」

如果由比濱口中的神明是指「GOD」，的確得保有完美的形象，可是日文裡面的「神」不限於此。在這個國家的神話裡，存在許許多多的神，那些神並非每個都全知全能，或者絕對站在正義這一邊。

想到這裡，我不禁脫口說：

「其實，不只是神明，把自己的印象強加在別人身上便是不對的。」

我這麼說不是期待聽到誰的回應，純粹出於個人最擅長的十八般武藝之一——自言自語。經過一段時間，某人翻過一頁書，小聲地說道：

「……是啊。」

這句認同的話，想必也不是希望得到誰的回應。她的聲音和視線，都沒有針對哪個特定人物。

不可以把自己的印象強加在別人身上。

人們只能要求神明保持完美，不能從其他人身上追求「理想」。那是軟弱的態度、應受憎恨的罪惡行為、應受懲罰的怠慢，以及對自己和他人的天真思想。

我們只能對自己失望、傷害自己、厭惡追不上理想的自己。

不能原諒的，也只有自己。

「……」

「……」

對話戛然而止，社辦內的氣氛再度變得凝重，僅有時間依舊流逝。這裡明明是完全密閉的空間，凍結的時間卻讓室內溫度不斷下探。

「啊，嗯……」

由比濱顫抖著身體，來回觀察我跟雪之下，接著失望地垂下肩膀。

這幾天以來，我們的對話一直是如此。

每個人都努力尋找話題，想打開話匣子。

這樣的情況持續兩、三天後，連由比濱也開始疲憊。

唯有外面的風拍打著窗戶，稍微打破室內的沉默。

窗戶玻璃喀噠作響，社辦內的氣流也很不安定。由比濱瞄一眼窗外，找到可以接續的話題。

「颱、颱風好像真的越來越近呢。萬一京葉線停駛，小雪乃會不會回不了家？」

「嗯，會。」

若我記得沒錯，雪之下的確是搭京葉線上下學。

要是威力強大的颱風在關東登陸，千葉將淪為陸上孤島。以京葉線為首的鐵路網，包括總武線、常磐線、武藏野線、京成線、東西線、都營新宿線都會癱瘓，使這個地方的對外交通完全中斷，有如從日本地圖上消失。到時候，千葉大可趁機宣布獨立。

話說回來，經過千葉的鐵路還真多。除了剛才提過的眾多路線，還有已經沒落的銚子電鐵、小湊鐵路，以及內房線、外房線這兩條雖然屬於主要路線，但住得較靠近東京的居民卻永遠分不清楚的鐵路。他們動不動便把這兩條鐵路搬家，而受到千葉人憤怒地責難。若說千葉縣民有多憤怒，就跟烈火之炎一樣！

總之，每次颱風一來，位於都市圈的交通設施都會傳出災情，雪之下自然也免不了受到影響。

「對啊。不過沒關係，我家離學校很近，到時候——」

由比濱說到一半，忽然閉口。

室內再度沉默下來，讓我有些在意。我抬起頭，發現雪之下面露相當受不了的表情。

「……不用擔心，風太大的話，我會走路回去。」

「這、這樣啊。也是呢，小雪乃家沒有遠到不能用走的回家。」

從學校到雪之下住家附近的車站僅有兩站，這不是走不到的距離。

由比濱再接再厲，轉而對我提問。

「那麼，自閉男，你是騎腳踏車嗎？」

「嗯。」

我瞥一眼窗外，還沒開始下雨。太好了太好了，雖然我有帶傘，但最好還是避免在強風中撐傘回家。

「這種天氣要不要考慮搭公車？」

「不要，公車一定會擠得滿滿的。」

何況大部分的乘客都是同校學生，要是發現旁邊的人是自己的同班同學，可會非常麻煩。對方願意無視我的話，還沒有什麼問題；但如果對方跟自己半生不熟，又因為顧慮我而停止原本跟朋友愉快的談天，我會相當難受，胸口被罪惡感填滿，忍不住學起太宰治，為自己生在這個世界上道歉（註8）。

還有一個最重要的原因，是在這種時間搭公車，百分之百得跟由比濱一起回去。而且依照她的個性，她一路上都會跟我有一句沒一句地閒聊。

要是讓其他人看到那副景象……

由比濱被看到跟落在校園階級最底層的我那麼要好，絕不是值得高興的事。我不希望她再想起那天的煙火晚會。

不管怎麼樣，我們最好能在天氣變得惡劣之前趕快回去。

現在的天氣已經很差，其他社團應該都提早結束活動。縱使我們繼續待在這

註8「生而為人，我很抱歉」是作家太宰治遺作《人間失格》之名言。

裡，八成也不會有人來諮詢。

正當我這麼想時，社辦大門毫無預警地開啟。

「你們怎麼還在？」

侍奉社顧問平塚老師跟往常一樣，不先敲門便直接進來。

「其他社團都提早收工了，你們最好也在颱風來之前趕快回去。」

雪之下聽了，「啪」一聲闔上書本。

「那麼，今天的社團活動到此結束。」

雲層籠罩在低空，使社辦內的光線昏暗。或許是受陰影影響，雪之下的表情顯得特別凝重。

「……你們自己路上小心。」

平塚老師關心地看著雪之下，不過最後沒有說什麼，逕自離去。

我跟由比濱也沒有意見，大家收拾好各自的東西後，一起走出社辦。

「……我先去還社辦的鑰匙。」

雪之下拋下這句話，默默踏上空無一人的走廊。我沒有多看她一眼，獨自往門口方向走去。由比濱猶豫著自己該怎麼做，在我走出三步後，決定跟上來。

換好鞋子之前，我們沒有任何交談。

大樓門口顯得寂寥，只有我們把便鞋放到地面上的聲響。我隨意套上鞋子，走向外面。

「我去牽車。」

「嗯，拜拜。」

由比濱在胸前輕輕揮手，簡短地跟我道別。

戶外吹送的風夾雜從南方帶來的水氣，有一種奇妙的溫熱感。

× × ×

我使出吃奶的力氣，在逆風中努力踩著腳踏車。這輛菜籃車已經被我操了一年以上，此刻正發出「咯吱咯吱」的哀號。

不管我怎麼踩踏板，車子都沒有前進的跡象，我甚至覺得自己不斷被吹回去。風勢相當強勁，我喘得心臟快要爆裂，但還是拚命在踏板上施加力道。

進入秋天後，太陽西沉的時間逐漸提早，但現在應該還沒到完全隱沒的時刻。天空之所以昏暗，只是因為厚重的雲層把太陽掩蓋住。

等距離設置的路燈散發出微弱的光芒，路上的塑膠袋和空罐被風吹著到處跑。昏暗的視線中，我嗅到夾雜溼氣的泥土味。下一秒，柏油路上開始出現一粒一粒的小黑點。

兩粒、三粒……黑點的數量逐漸增加，雨水從天空落下，發出清晰的滴答聲。

最後，那些黑點完全布滿地面。

雨滴不顧我還在半路上，接二連三地從天空降下來。這些雨落在露出的手臂上，還會覺得刺痛。

大雨毫不留情地打在我身上，襯衫溼成一片透明。附近沒有女高中生經過，真是太遺憾了。

——搞什麼啊，真麻煩……

我一邊低聲抱怨，一邊從車上的籃子拿出雨傘。

撐開這把塑膠傘，有如在周圍建立結界。

但在下個瞬間，雨傘立刻被強風吹壞。傘骨部分應聲斷裂，傘面變成一張風帆。風載著我前行，啊……好像一艘帆船（註9）。

車身失去平衡，我連忙把腳踏到地上。

……差一點就要連人帶車摔倒。

我抹去臉上的雨水和冷汗，死心地收起雨傘。

——真是麻煩死了。

咆哮的強風蓋過四周所有聲音，降下的豪雨讓人幾乎睜不開眼睛。

溼透的衣服奪走我的體溫，水分使我的身體沉重，我所能看到的盡是一片模糊。

在滂沱大雨中，腳踏車輪胎、一切話語和思緒通通打滑。

---

註9 改寫自三好達治的詩「土」，原文為「螞蟻拖著蝴蝶的翅膀行進，啊……好像一艘帆船」。

從腳踏車道望向花見川，只見漆黑的河水不斷奔流，將一堆東西往下游沖去。

只有我被留在這場暴風雨裡。

# 2 相模南強烈地讓自己出頭

既然颱風來了，學校應該會停課，或者至少延後上學時間吧？

曾有一段時期，我也抱持過這種想法，但是每次不到一個晚上，颱風便速速遠離，還給大家正常的第二天早晨。這未免太不科學。

頭頂依然閃爍、天空超晴朗，我也心胸開闊超有精神（註10）——不，其實一點精神都沒有。

昨天晚上還想著有颱風當藉口，遲到一下沒有什麼關係，所以拖到很晚才睡。結果現在的我嚴重睡眠不足，不足到可以寫成歌給奇天烈大百科當片頭曲（註11）。

最近的颱風未免太沒毅力，這一點實在很讓人困擾。

我勉強趕在上課時間前安全上壘，但是一整天下來都想睡得要命。平常到了下

註10　出自動畫「七龍珠Z」片頭曲「We Gotta Power」歌詞。

註11　動畫「奇天烈大百科」的片頭曲曲名正好是「睡眠不足」。

課時間，我都在自己的座位睡覺或假裝睡覺，唯獨今天是真的在補眠。

不只是下課時間，上課時我也持續和睡魔對抗。

說得具體一些，我會用一隻手撐著臉頰，直接倒到桌上；或嘗試用兩隻手臂夾住頸部，尋找最舒服的睡覺姿勢。戰爭畢竟不是什麼好事，能夠和平解決的話，當然要選擇和平解決。

嗯，沒錯，從今以後，我仍然打算繼續跟睡魔和平共處。

如此這般，下課時間不知不覺地到來。

根據多方實驗得出的結論，用兩隻手夾住頸部、倒在桌上是最舒服的睡覺方式。這樣一來，臉上不會被壓出印子，可惜壞處是頸部、肩膀跟背部痛得要命。

而且，這種睡法只能帶給我極淺層的睡眠，再加上不符合人體工學的姿勢，身體的虛脫感幾乎達到最高點。

如果想好好睡上一覺，果然還是得好好躺下來才行。

既然這樣，我該去什麼地方，答案已相當明顯。

我從座位上站起，踩著不穩的腳步，準備走出教室後門。

就在我打開門的瞬間——

「哇！」

「喔，抱歉。」

我正要出去時，剛好有人要走進來，結果兩人碰個正著。雖然沒有撞得眼冒金星，對方的臉還是輕輕敲到我的胸口。搞什麼？是哪個傢伙？開車不好好看前面是沒有資格擁有駕照的 **of the year**（註12）！

我輕輕瞪一下對方，想看清楚是誰這麼不長眼睛，結果映入眼簾的，是我再熟悉不過、宛如小動物般的男孩子，那甩頭的模樣真是可愛。

原來跑得上氣不接下氣，趕著回教室的人是戶塚彩加。

說句老實話，你還是別去考什麼駕照，我更希望你永遠坐在我的車子裡，由我來載你……**of the year**！

「啊，是八幡。抱歉……」

「哪、哪裡！是我不好，有點恍神……」

事實上，直到現在我還處於恍神狀態。

儘管這樣的情況出於偶然，但是我的雙手正環抱著戶塚……呼，好危險，要是他這時嘴裡咬著麵包，我們可能就要萌生愛情的幼苗（註13）。

戶塚察覺到兩人靜止於目前的姿勢不動，輕輕離開我的胸前。

「抱歉，因為我趕著回來……你準備去哪裡嗎？下一節課快要開始囉。」

「出去辦一點事。」

我當然不可能大聲宣告自己要蹺課去保健室睡覺。想炫耀自己的犯罪事蹟，建

---

註12「~of the year」是動畫「嬉皮笑園」的角色鈴木沙也加的口頭禪。

註13 嘴裡咬著麵包上學，在路上撞到異性，是動漫作品中經常發生的橋段。

議還是去推特（註14）。

戶塚聽到我的回答，略微把頭偏向一邊。

「可是，下一節課要決定校慶活動的工作分配，最好還是留在教室喔。」

「……真的嗎？」

上次的班會課，大家只決定要表演什麼，所以這次想必會討論更具體的細節。

「……沒差，我都無所謂。」

反正不管怎麼樣，都改變不了我只需要像往常一樣，杵在那裡的事實。我是純粹為了存在而存在的存在。

大家一進入準備階段，我能發揮的最大用處，就是模仿詭異圖騰柱呆站在原地。不論分派到什麼工作，都不會改變我的處境：在無事可做的情況下，不經意地晃到某人背後，觀察他手邊的工作，「喔～～」地發出了然於心的聲音，或者採取主動，隨時等待對方開口詢問「能幫忙一下嗎」。

「……隨便把我插進有空缺的地方就好。」

戶塚帶著疑惑的表情點頭，我不知道他是否明白我的想法。

「嗯，我知道了。」

「那麼，拜託你啦～」

我輕輕揮手示意，離開教室。

註14　推特上經常出現使用者炫耀自己的犯罪事蹟，因而引起公憤。

× × ×

我在走廊上漫步，聽著迴盪的上課鐘聲，慢慢走向特別大樓一樓的保健室。

到了上課時間，走廊不再出現到處閒晃的學生，恢復原有的寧靜。

一接近保健室，便覺得溫度有點下降，我輕輕敲門入內，消毒水的氣味立刻撲鼻而來。

一位女學生正在跟保健室老師閒談。她們看到我走進來，馬上閉上嘴巴。

那位不認識的女學生不太好意思地看向自己的手機。不知道為什麼，我有一種做壞事的感覺。抱歉啊，耶嘿。

「哎呀，這不是小靜家的孩子嗎？」

這位女教師身披白衣，年紀尚輕。她先從上到下打量我一番，接著這麼開口。

那種稱呼方式不太妥當，會讓人誤以為我跟老師是親子關係，小心被罵喔！主要是平塚老師會罵妳，因為妳踩到年齡的地雷。

「我好像有點感冒。」

我裝出有氣無力的樣子，簡短說明來意。只要是這種時候，我便會發揮出高超的演技，要說我是「感冒控制者」都不成問題。哇，這是什麼稱呼？帥氣得一塌糊塗！話說回來，感冒的日文裡又有「風」又有「邪」，真是中二性十足的命名方式。

「非專業的判斷很危險，過來讓我看看。」

可惜保健室的教師很乾脆地忽略我努力演的戲。

嘖，不愧是身經百戰、應付過眾多蹺課學生的行家，不會被這種程度的演技輕易唬弄過去嗎？

教師緊盯我的眼睛猛瞧，似乎想拆穿我的謊言——更正，她的目光之銳利，用「瞪」這個字眼可能更貼切。如果這是神奇寶貝的世界，我的防禦力可是會往下掉（註15）。

「……嗯，你感冒了。」

「您診斷得真快……」

那麼，剛才那一句話有什麼意義嗎？我投以受不了的眼神，藉此表達心中的不滿。保健室老師見狀，咯咯地笑起來。

「因為你的眼睛死氣沉沉，當然是感冒了。」

照她那樣說，我豈不是一年到頭都在感冒？而且說什麼死氣沉沉，即使倫敦死氣沉沉，巴黎的陽光一樣很明媚。妳是哪家的明日之星嗎（註16）？

教師在資料夾板上記下一些內容，轉過來問我：

「那麼，你打算如何？要在這裡休息一下嗎？」

她問得好隨意，有如「要在這裡調整一下裝備嗎」。

---

註15 神奇寶貝使用瞪眼攻擊，會使對手的防禦力下降。

註16「倫敦天氣陰沉，巴黎陽光明媚」為動畫「明日之星娜佳」的片尾曲歌詞。

「嗯，好。」

「去裡面那張床。」

她簡短指示後，我聽從吩咐，走向用簾子區隔的床位。床上有摺疊整齊的被毯，我躺好後，攤開被毯蓋住腹部。

隔著粉紅色的簾子，外面的兩人繼續先前的對話。在我進入半夢半醒之際，她們的說話聲隱隱約約留在耳畔。

×　×　×

怎麼……可能……

班會課的下課時間結束，我回到教室，赫然發現自己被推去加入校慶執行委員會。

黑板上出現「比企谷」這三個字，而且出現在「執行委員會」的下方。唔啊～～這是陰謀！

我、我承認自己說過哪裡有空缺，就把我安排到哪裡，反正不管分到什麼樣的工作，對我來說都沒差；即使工作性質再怎麼不起眼，我也願意默默接受。

可是，就算如此，把大家不願意做的事情丟給我，那些人都不會良心不安嗎？

通常在這種時候，不是應該把不會讓人礙手礙腳的工作交給獨行俠才對嗎？而且事實上，之前一向如此。

「因為你剛好請假，我們便決定讓你當班長（笑）」的策略，在班級中心人物之間互整非常有趣，所以對他們來說，不失為一種樂趣。可是，若是用在不同文化圈的人身上……這是在宣戰嗎？不算……不算……（註17）

我呆愣在黑板前一動也不動，這時，有人拍拍我的肩膀。

「需要我說明嗎？」

即使不回頭，我也很清楚這個人是誰。

出、出現啦～年齡邁入三十大關，目前最渴望結婚的女教師，平塚靜～

恭敬不如從命，我不說一句話，僅用眼神要求老師說明。老師先輕嘆一口氣，看看時間後說道：

「下一節課都快開始了，大家還談不攏要由誰擔任校慶的執行委員，所以我直接指定由你擔任。」

這位國文老師，請等一等，「所以」不是這樣使用的吧？我根本聽不出當中有什麼順接關係。

「老師，您是有何打算……」

「什麼意思？」

「還問什麼意思……請問您把獨行俠想成什麼？強迫獨行俠參加班級活動，只會

---

註17 出自《賭博破戒錄》大槻之台詞。

釀成悲劇喔！」

我這麼說，是為了班上那些要好的同學著想，希望他們快快樂樂地辦好活動。要是我出現，只會讓大家心生顧忌。如果塞給我一個沒什麼影響力、根本不重要、在或不在都沒有差的工作，大家便可以毫無顧慮地享受活動不是嗎？我決定提倡非交涉不干涉主義，跟甘地的非暴力不服從主義打對台！

「我也想過要徵詢你本人的意願……但你自己不是說，什麼工作都可以嗎？」

嗚呼……我忍不住嘆一口氣，把視線轉向窗邊，看到戶塚帶著滿臉歉意，雙手合十對我道歉。啊啊～好可愛……那正是兩隻手掌皺紋疊合而成的幸福嗎？南……無……（註18）

正當我分神於其他事物時，平塚老師蹙起眉毛間的皺紋，宣告我逃不了這件麻煩事。塊——陶——啊——

「好、好，快回到座位上。再拖下去都不用上課了，剩餘部分留到放學後決定。」

× × ×

過了放學時間，教室內仍然喧鬧不休。

大家繼續忙著討論校慶活動的分工問題。

---

註18　出自日本一佛壇用品店的廣告台詞。

這件事本來應該在剛才的班會課決定，但由於決定男生校慶執行委員的人選浪費太多時間，最後才由平塚老師使出強硬手段，直接決定由我擔任。這正是所謂的「職權騷擾」……

可惡！如果我有更強大的力量，便可以把工作推給其他傢伙！一層一層往下壓的職權騷擾，正是日本縱向社會的最佳寫照。此時此刻，我強烈地感受到自己同樣身為日本人。

好啦，現在大家留下來的目的，是要決定女生校慶執行委員。

戴眼鏡的班長在講台上主持會議，我不知道他的真正名字，大家平常都叫他「班長」。如果我們的班長是女生，基於屬性因素，可能還需要另外一個名字（註19），但是非常遺憾，他是個男的，所以直接用「班長」稱呼已很足夠。

「嗯……那麼，有哪位女生自願擔任執行委員，請舉手。」

班長這麼說，台下想當然耳沒有任何反應。他也看開了，微微嘆一口氣說：

「要是一直這樣決定不了，就用猜拳……」

「啊？」

三浦聽到「猜拳」兩字，立刻大聲打斷班長的話。班長受到驚嚇，「嗯……啊……」半天，擠不出任何詞彙。那個女的大喝一聲，便讓台上的人安靜下來，她

---

註19　原文中的男性班長為「ルーム長」，女性班長為「委員長」。動漫畫作品中的「委員長」大多具有萌要素和屬性。

是從哪間寺廟出來的嗎（註20）？寺廟出身的人真不簡單，我要對三浦刮目相看了。

接下來進入你一言、我一語然後沉默下來的循環。每當教室某個角落傳出對話聲，班長會問他們「如何」，於是那群人便閉上嘴巴不說話。從一開始到現在，不知道已經重複多少次。

「……執行委員的工作那麼辛苦嗎？」

由比濱再也看不下去，如此問道。班長聞言，很明顯露出鬆一口氣的表情。

「按照正常的方式做，是不怎麼辛苦……可是以結果而言，女生這邊說不定會很吃重。」

喂，眼鏡男，你是不是瞥了我一眼？眼鏡男，你是在間接說我沒有戰力可言嗎？不過看他也經過一番掙扎才說出口，我還來不及生氣，便先對他感到過意不去。抱歉啊，眼鏡男。來，送你一副眼鏡（註21）。

「嗯……」

由比濱有些傷腦筋地看向我。

班長大概把她的行為解讀成猶豫，看準機會追加攻勢。

「老實說，妳願意接下這份工作的話，可是幫了我們大忙喔。妳既有人望，又能

註20「大喝一聲驅逐惡靈」是一串2ch討論板上的系列文。原始故事中的T先生是寺廟出身，用這個方法消滅女幽靈解除危機。

註21 出自手機社群遊戲「偶像大師：灰姑娘女孩」中，上條春菜之台詞。

凝聚班級向心力，我認為這個工作很適合妳。」

「不，我才沒有那麼……」

由比濱顯得不太好意思。這時，後面傳來某人冰冷的聲音。

「咦～結衣要接嗎？」

「咦？」

她轉過頭，看向說話的女生。

印象中，那個人好像叫做相模。

以相模為首的四人團體，在跟由比濱那群人相隔一段距離的地方建立起陣地。三浦集團位於最後面靠窗的座位，相模集團則是在靠走廊側的後邊遙遙相望。

「不過那樣也不錯呢！好朋友一起辦活動，一定超熱鬧的！」

她身邊的幾個友人跟著輕聲冷笑，由比濱回以曖昧的笑容。

「嗯……其實不是那樣的。」

相模聽到由比濱這句話，朝我投以一道意味深長的目光。

那張不懷好意的笑容，真是醜陋至極；她跟周圍女生交頭接耳的談笑，更是一句比一句刺耳。

我不可能不知道，她的笑容裡潛藏著什麼東西。

暑假期間，我跟由比濱參加煙火晚會時，正是受到那樣的笑容對待。

由比濱總是站在圈內，我則始終待在圈外，看盡那些混雜好奇與侮蔑的嘲笑。

輕笑聲掀起漣漪，在我的耳內迴盪。

「我說啊～」

這時，另一個稱得上妄自尊大的聲音，打斷教室內的騷動。

她像是大刺刺地踩進草叢堆，使原本鳴叫的昆蟲瞬間閉上嘴巴。

「結衣要跟我一起招呼客人，已經沒空囉。」

三浦優美子理所當然似地打回票。在她的魄力之下，相模那群人的氣焰消退下來，有如喉嚨被梗住似地說不出話。

然而，相模的臉上仍然掛著笑容。

「這樣啊～招呼客人也很重要呢～」

「沒、沒錯！招呼客人也很重要——咦？我要負責招呼客人？這是什麼時候決定的？」

由比濱附和到一半，才理解那句話代表什麼意思，因而嚇一大跳。喂，目前決定的工作，明明只有男生校慶執行委員……

即使是三浦那樣的人，聽到由比濱的反應，也有點慌張起來。

「咦……妳、妳不跟我一起嗎？是、是不是哪裡搞錯？難道是我太急性子……」

「優美子，放心、放心～妳說的很正確啊，這就是妳的作風。」

海老名吐吐舌頭，對三浦眨眨眼睛，並且豎起大拇指。嗯，對，沒有錯，那的確是三浦的作風。

「喂，不要那樣稱讚我啦，人家會害羞的！」

三浦漲紅臉頰，拍打著海老名。雖然這樣說對她不太好意思，但我想對方並不是在稱讚妳。

一旁的由比濱失望地略垂下肩膀。

「我沒有決定的權力啊……」

想不到她現在才明白這項事實。不過放心吧，妳看看我，連選擇的餘地都沒有，不但被平塚老師擅自指定工作，還是個沒人要的工作。我果然是不受期待的孩子。

討論到此陷入膠著，班長再度短嘆一口氣。我可以感覺到中間管理階層的悲哀。

「不然，這樣如何？」

自始至終不表示意見、默默觀察事情發展的葉山，不舉手便直接開口。眾人很自然地將視線集中到他身上，連班長的眼鏡都亮起來，對他抱以高度期望。

「請能夠發揮領導精神的人擔任這項工作。」

葉山這番話相當合情合理，同時很安全。既然要掌管校慶活動的大小事情，當然得找一個能發揮優秀領導能力的人才行。若要說有什麼問題，便是他其實在暗指我沒有領導能力。不過他說的也沒錯，我只有冷澀布，沒有什麼領導能力（註22）。可是，經他那樣一說，勢必得由上層階級的人擔任這份工作，但男生的空缺已

註22「冷澀布」和「領導能力」的日文發音相近。

先被我占下，至於女生部分，她們的上層階級也已經表明沒有意願。

按照一般邏輯思考，如果位居校園階級最頂層的人沒有意願，便要往下降一層，由階級第二高的人擔任。

戶部精準地掌握到葉山想表達什麼。

「那樣的話，就是相模囉？」

「嗯，不錯喔，她應該能做得很好。」

葉山先在暗中引導出這樣的結論，自己再對戶部的看法表示同意。戶部還得意洋洋地說著「對吧」，真是天真得讓人流淚。

另一方面，突然被點名的相模連忙在面前輕輕揮手。

「咦？我？我做得到嗎……絕對不可能啦！」

儘管她表面上作勢拒絕，但心裡想的才不是那麼一回事。喂喂喂，別以為那樣騙得過身為一級拒絕鑑定師的本人啊！當女生真的要拒絕時，她們會用冰冷的視線，面無表情地說「我是認真的，可以不要再這麼做嗎」，聽得人心底發寒，恐怖到嚇死人的地步。

葉山八成也明白那點程度的拒絕只是做做樣子，於是配合演出，露出歉疚的表情對她合掌請求。

「拜託妳啦，相模。」

「嗯……如果其他人都不想做，那也是不得已的……不過，要我來當嗎……」

相模故意大聲地喃喃自語，還高興得臉頰漲紅。妳是地獄三澤（註23）筆下的角色嗎？

受到葉山那樣的人拜託——應該說是「我竟然受到葉山那樣的人拜託」，想必是一件很高興的事。

「好吧，我做～」

她假裝勉為其難地答應，班長終於放心地鬆一口氣，鏡片跟著起霧。

「那麼，今天的會議到此結束……」

身心俱疲的班長宣布散會，班上同學紛紛起身離開教室。

× × ×

校慶執行委員會從今天開始運作。

現在是下午三點四十五分，我再度在腦中確認一次自己的行程表。

若要在校內貫徹孤傲的態度，最重要的是自我管理能力，因為不會有人在旁提醒。舉凡去不同教室上課、放假時間、放學後的安排等大小事情，務必都得確實掌控。順帶一提，只要是跟放假有關的事，我記得最清楚。

---

註23 日本男性漫畫家，筆下角色的特色為眼睛、鼻子、嘴巴擠在臉部中央，而且經常說出欠揍的台詞。

執行委員會議的時間即將到來，我動身前去會議室。

各個班級的執行委員三三兩兩地來到會議室，部分男女代表邊走邊聊。真是的，那些人生路上的迷途者，你們不跟別人一起走，就找不到會議室在哪裡嗎？

這間會議室專門供校慶執行委員會使用，面積是一般教室的兩倍左右，桌子和椅子也高級得多，看來這裡平常是用來開教職員會議。

我進入會議室，發現有半數的人已先行到達。其中也包括相模，原來她比我還要早出發。

她已經組成一個三人團體，正高高興興地聊天。不知她跟那些人原本就是朋友，還是在這麼短的時間內認識。

「結，妳也參加委員會真是太好了。我被推派擔任委員，本來還很擔心該怎麼辦呢～」

相模率先拋出話題，另外兩個人跟著附和。

「我是因為猜拳猜輸才來的～」

「我也一樣！啊，相模同學，我可以直接叫妳『南』嗎？」

「可以啊。那我要怎麼叫妳？」

「叫我『遙』就好了。」

「啊，所以妳跟結一樣是女籃社的？」

「嗯，對。」

「好好喔～早知道我也應該參加社團～我的班級運超差的。」

「對喔，F班有三浦那群人沒錯吧。」

「是啊～」

相模擺出受不了的表情固然恐怖，不過聽到她說自己沒有班級運，便若無其事地提到三浦這個名字的女生也很恐怖。

如果獨立看每一個句子，還覺得沒什麼，但是當那些句子構成一段完整的對話，便會產生劇毒。這正是女生對話的恐怖之處。這個現象有如不同生物體內的微量毒素在河豚體內累積，形成毒性極強的河豚毒素。

「可是啊，跟葉山同學同班不是很好嗎？」

「是沒錯啦，我也是受他拜託，才接下這個工作的。真是傷腦筋～」

所以我一直很好奇，妳是不是地獄三澤筆下的角色啊？我該稱呼妳「相模三澤」嗎？

如果靜下心來仔細聆聽，還能聽到其他人的對話內容。

隨著會議時間接近，到場的人越來越多，原本窸窸窣窣的交談聲變得一片鬧哄哄。

每次有人打開門進來，大家便一起看過去，發現不是自己認識的人後，又立刻別開視線。那種自然而然別開視線的態度真討厭……如同告訴進來的人「我根本不是在等你」、「我對你一點興趣都沒有」。

可是，當下一個人進來時，所有人的態度都不同了。

會議室大門開啟的瞬間，聊天的聲音頓時消失。

接著在一片靜寂中，那名少女——雪之下雪乃不發聲響地進入室內。

此刻的她沒有散發出平時的威嚴，但每個人都屏住呼吸，彷彿看著堆積的白雪逐漸消融。

雪之下看到我時，腳步瞬間停頓一下，但是她馬上把臉轉開，往前移動幾步，接著才想起自己要做什麼，走向身邊的空位坐下。

直到她坐下之前，會議室內的時間都是靜止的。

即使是應該看慣這種場面的我，也在剎那間被奪去目光，大概是因為難得在不同的地方見到她，或是對她出現在這種場合感到意外。

時間重新開始流動，大家出於顧慮，壓低音量繼續先前的談天，現在的聲音聽起來像一波波的潮水。我看一下時鐘，會議差不多要開始了。

在陣陣的聊天聲中，會議室的大門再度開啟。

一群帶著大疊資料、貌似屬於同一團體的學生走進來，後面跟著體育老師厚木和平塚老師。

為什麼是平塚老師……我不解地看過去，正好和她對上視線。老師朝我微微一笑，那個笑容比她的實際年齡年輕，而且滿可愛的。

也就是說，那是不安好心的笑容。

我果然被陷害了嗎……

那群學生聚集在會議室前方，看向其中一位女生，給人溫和印象的那位女生便點點頭回應。

兩名貌似一年級的人得到指示，開始把資料發給所有與會者。先前的女生確定大家都拿到資料後，起身宣布：

「那麼，現在開始進行校慶執行委員會議。」

她的頭髮長度及肩，劉海用髮夾固定，光滑美麗的額頭發出耀眼的光芒；制服穿著得整整齊齊，完全符合校規；別在上衣的領章和套在手腕的彩色髮圈，則為整體可愛度加分。她溫柔地瞇起雙眼，溫柔地面帶微笑環視在場所有人，溫柔地宣布會議開始，大家跟著端正坐姿。

「嗯……我是學生會長，城迴巡。非常高興今年也能得到各位幫忙，讓校慶活動順利舉辦……嗯……那、那麼，讓我們一起努力吧！喔～」

巡學姐簡單地向大家致意，精神喊話後，學生會成員立刻報以掌聲，其他參加會議的人也跟著拍手，她滿意地溫柔點頭。

「非常謝謝各位～那麼現在，我們馬上來決定主任委員的人選。」

聽到這句話，所有人開始騷動。

大家會訝異其實不無道理，我自己也以為主任委員當然由學生會長擔任。

巡學姐看到在場的反應，略微露出苦笑。

「我想不少人應該明白，按照往年慣例，校慶執行委員會的主任委員都是由二年級學生擔任，而我已經是三年級……」

喔～原來如此。升上三年級後，得開始準備大學考試，何況現在已經進入秋天，的確沒有閒功夫再忙這些事。

「好，有沒有誰自願？」

沒有任何人舉手。

這樣的反應並不意外。

雖然學生們不是對校慶活動興趣缺缺，我也相信有許多人正摩拳擦掌，興高采烈地準備把活動辦好，只不過，他們更希望在不同的地方好好努力，發揮力量展現自己。

如果可以的話，大家總會想在班上或是在社團盡一份力。

想要為了相同的目標，跟要好的朋友同心協力，想要跟暗戀的異性共度感動的嘉年華，這是人之常情。

現在的問題在於，在這裡齊聚一堂的各路人馬，要如何發揮所長。

「沒有人自願嗎？」

巡學姐帶著傷腦筋的語氣再問一次，會議室內仍舊是一片沉默。

「嗯……咳！」

這時，體育老師厚木豪邁地清了清喉嚨。

「喂，這是怎麼回事？你們提起一點幹勁行不行？太沒有活力了吧！你們要知道，校慶可是屬於你們自己的活動！」

老師說得相當豪邁，我彷彿還在語尾聽到一聲「再見啦～」（註24）。看來他是校慶活動的指導老師，坐在他隔壁座位、盤手閉目的平塚老師大概也一樣。

厚木老師環視室內，一一觀察所有與會者。

他毫無顧忌的視線掃到雪之下時，頓時停下來。

「喔，妳不是雪之下的妹妹嗎？我很期待今年的校慶會跟那年同樣精采啊！」

老師的言下之意是：「所以妳一定會當主任委員，對吧？」

巡學姐也注意到雪之下，低喃「啊，原來是陽乃學姐的妹妹」。

雪之下陽乃真不簡單，可以讓老師跟學妹留下那麼深刻的印象。

「我會認真做好執行委員的工作。」

雪之下基於禮節，如此簡短回應，不過我沒漏看她不悅地抖動一下眉毛。

厚木老師被冷淡地拒絕，只能模糊地用「嗯」、「喔」應聲，閉上嘴巴不再說話。

不過真正傷腦筋的是巡學姐，她誇張地盤起手臂，若有所思地沉吟。

「嗯……對了，擔任主任委員其實有很多好處喔，像是申請學校的時候可以加分，對打算爭取學校推薦資格的人來說相當有利。」

這個人是笨蛋嗎……怎麼會有人接受那種誘惑，自願站出來當主任委員？那樣

---

註24　原文為「じゃあの」，是廣島方言中的道別用語。

一來，不是等於自己承認「對，我就是看中這一點，所以自願擔任主任委員」。

「嗯……妳覺得如何？」

巡學姐看向雪之下，對她問道。

不知雪之下是否注意到學姐的語病，她只是維持一貫的態度，沒有任何反應，筆直看著巡學姐。

雪之下不喜歡站在大家面前，個性上不適合當主任委員。

可是，巡學姐也始終帶著微笑看向雪之下，時間一久，被看的人難免會侷促不安，稍微扭動一下身體。

這正是純潔無瑕的笑容所產生的壓力。

世界上再也沒有任何東西，比天真爛漫的視線更加惡毒。

照這樣下去，雪之下搞不好會屈服……

正當雪之下深深嘆一口氣，即將舉白旗投降時──

「那個……」

某人不太有自信的聲音打破沉默，使原本緊繃的氣氛頓時緩和下來。

「沒有人願意擔任的話，可以由我擔任。」

說話的人，是距離我三個座位的相模南。

巡學姐見到終於有人自願，高興地拍一下手。

「真的嗎？太好了！那麼，可以先請妳自我介紹嗎？」

在學姐的催促下，相模調整好呼吸再開口。

「我是二年F班的相模南。我對這份工作有點興趣……而且，希望透過這次的校慶活動，讓自己有所成長……雖然我不擅長站在眾人面前……啊，這樣說的話，大家可能會覺得我在說什麼，既然這樣乾脆不要做，不過，我想改變自己這一點……該怎麼說呢……我認為這是磨練自己的機會，所以想好好努力。」

——妳要成長是妳家的事，我憑什麼非得幫助妳不可？

儘管我心裡這麼想，其他人似乎沒有什麼意見。

「嗯嗯，很好，讓自己更上一層樓是很重要的。」

會議室內出現零零星星的拍手聲，接著大家才跟上。

相模有點不好意思地鞠躬，坐回自己的座位。

主任委員的人選定下來後，巡學姐高興地偷偷歡呼「太好了」，一把搶過會議記錄者手中的筆，在白板寫下「主任委員：相撲」。等一下，現在不是在玩「快打旋風」啊（註25）……

然後，她把筆丟還給記錄者，轉身面向大家，裙子跟著翻飛起來。

「好，再來我們要分配各項工作。我已經把簡略的說明寫在會議資料中，請各位自行參考，五分鐘後開始決定工作組別。」

我聽從巡學姐的指示，看向先前拿到的會議資料。

---

註25「快打旋風」中有一名相撲角色E・本田。

媒體宣傳、人員協調、物品管理、衛生保健、會計審查、記錄雜務……我的老天爺啊。

不過，別被書面上的文字嚇到，高中生的校慶活動不可能那麼麻煩。我妹妹小町是國中學生會的幹部，看他們也沒弄得那麼誇張，可見這說穿了，就是學校的例行公事，只要按照前人鋪好的軌道行走，便不會有問題。站在我這邊（註26）就好。

我快速掃視會議資料，尋找工作量看起來最少的職務。

媒體宣傳，不用看說明也知道，反正就是畫好海報，再一一造訪附近的便利商店，拜託他們將海報張貼在牆上。

關於這份工作，我只看得到受盡嘲笑的未來。跳過。

人員協調，簡單說來，這個部門負責跟有志表演者，亦即那些玩樂團或跳舞的人交涉。

這個我做不來。不管怎麼想，到時候勢必得跟校園階級的頂層打交道。

如果是面對融資團體（註27），我還願意去交涉，換成有志團體的話，還是算了。

物品管理，大概是管理各班使用的桌子出借，以及器材搬運。搬運那些東西累

---

註26 指一九八六年電影「站在我這邊（Stand By Me）」。劇中的四個少年沿著鐵軌，尋找被火車撞死的小孩屍體，展開一場冒險之旅。

註27「有志」跟「融資」的日文發音相同。

得要命，我做不到。如果是學平澤唯拿響板敲啊敲的（註28），倒還可以考慮看看。總之跳過。

衛生保健……喔，這個是統籌所有關於食品申請的工作。如果是保健體育，我還會考慮一下……總之，免了。

會計審查，嗯，很好很好，這是牽扯到金錢的職務，一旦出現什麼問題，我可承擔不起責任，到時候會很麻煩的。金錢這種東西非常恐怖，想都別想。

……不是我在說，看到這裡，實在沒有什麼適合我的職務。

既然這樣，我可以做的只剩下記錄雜務。我大略瀏覽職務說明，發現這項工作只要在活動當天拍拍照片即可。

反正我那天也沒有什麼行程，剛好用來打發時間。

得出結論後，我稍微伸一個懶腰，順便看看其他人的情況。

有的人正在放空，有的人玩起手機，有的人在閒聊，看來大家也差不多決定好要做什麼工作。

其中有幾個人，交談的聲音特別大。

「怎麼辦啦～人家一時心血來潮，便舉手說要當主任委員～」

「放心啦，妳一定能做得很好！」

---

註28　平澤唯是《K-ON！輕音部》的角色，在動畫中手持響板跳舞，發出類似「搬運」的節奏聲。

「是嗎～我真的做得好嗎？不過，剛剛自己好像說了超級丟臉的話，果然還是太勉強吧？」

「才不會呢，妳說得很好。而且我們也會幫忙啊，對吧？」

一個女生拋出問題給另一個女生，對方表示贊成。

「沒錯沒錯～」

「真的嗎？謝謝妳們～」

聽到這段對話，我的心中不禁升起一股暖流。真是美麗的友情，太棒了，她們好像馬拉松大賽開始前的同伴。

……這種似曾相識的感覺是怎麼回事？

不久前，我是不是聽過類似的對話？

或者說我在看什麼系列文？

不過，就算不是系列文，那種人每次講的話也都大同小異，只有話題跟詞彙不太一樣，最後一定會在互相加油打氣中結束。真是快樂。

「差不多都看完了吧？」

巡學姐的聲音意外地清楚，聽起來很柔和，耳朵彷彿快要融化；又像是電波歌的歌詞一樣讓人上癮，所以容易留在意識的某個角落。

她不需要拉大嗓門或厲聲喝斥，大家便很自然地順從她的指示，把臉轉向學姐的方向。這不是靠什麼技術，而是憑她的性格。

「各位的心中應該都已有所決定。那麼，相模同學，接下來交給妳主持。」

「咦，由我主持？」

「嗯，接下來便是主任委員的工作。」

「是……」

巡學姐對相模招手，要她過去坐到學生會中間的位置。

「那、那麼，現在開始決定職務……」

在一片無聲中，相模小到快聽不見的說話聲還是清楚傳入耳裡。

然而在這片無聲之下，卻是暗潮洶湧。

眾人充滿肅殺之氣，宛如要揪出異議分子。

這種無聲處在危險邊緣，滿布荊棘，只要有誰不小心笑出聲，現場將瞬間颳起惡毒謾罵的狂風暴雨。

此刻的相模跟先前愉快聊天的樣子相比，簡直判若兩人。

從群體中被單獨抽出來，竟顯得如此脆弱。

「……首先是……想參加……媒體宣傳組的人……」

她的聲音越來越小，現場沒有人舉手。

「好，是媒體宣傳！媒體宣傳喔！可以跑很多地方，說不定還會上廣播跟電視節目呢！」

聽到巡學姐的推薦，我瞬間心動一下。

說到千葉的本地電視台，便是千葉電視台；若提到千葉的本地廣播節目，則是bayfm。時常在千葉電視台聽到的「Fight！Fight！千葉！」（註29）歌曲實在太經典，如果有機會去那裡跟JAGUAR先生見面，我一定二話不說，立刻搶著加入媒體宣傳組。

可惜，我們進入千葉電視台跟JAGUAR先生見面的可能性太低，只好先忍耐下來。順便提醒一下，這裡說的JAGUAR不是《吹奏吧！嘉卡（註30）》，而是千葉英雄JAGUAR先生。

不知是否因為巡學姐幫忙宣傳的關係，總之，現場終於動起來，有好幾個人舉手表達意願。

統計好人數、確認姓名後，接著要決定下一個職務的人選。

「再、再來……人員協調組。」

由於樂團表演是校慶的一大熱門活動，舉手的人相當踴躍，明顯比原本預定的人數還多。

「咦？這……」

巡學姐見相模再度遇到困難，立刻伸出援手。

「太多了、太多了！大家猜拳決定！」

註29　作曲者為JAGUAR，有「千葉英雄」之稱。
註30　一部漫畫作品，原名為《ピューと吹く！ジャガー》。

學姐的興致一來，第一屆「額頭盃一閃一閃亮晶晶，剪刀石頭布大賽」正式展開（註31）。

× × ×

總之，巡學姐用她難以捉摸又獨特的節奏，帶領大家逐一完成工作分配。不知是她累積夠多的經驗，還是靠與生俱來的性格，在一陣兵荒馬亂中，過程還是進行得很順利。

我們從頭到尾都是用這樣的步調決定工作。儘管巡學姐乍看之下不怎麼牢靠，但她畢竟是學生會長，在她高明的手腕下，每個人都分到堪稱適合的工作，我也如願進入「記錄雜務」組。

說到「記錄雜務」這組，可能是被排在最後的關係，也可能是參加的人想法都跟我差不多，這一組只能用「積極性的墳墓」來形容。

首先在各個組別分開、認識組員的階段，狀況便已慘不忍睹。

「嗯……所以現在要做什麼？」

「自我介紹嗎？」

「好啊。」

註31 以上含有「Smile光之美少女」和平天使的變身台詞。

「嗯。」

「……」

「……」

「那麼，誰先？」

「喔，我先吧。」

誠如所見，大家的對話稀落到可憐的地步，一群啞巴聚集起來，搞不好都比我們熱絡。

不用說，雪之下也在這一組。

每個人簡單介紹自己的名字和班級後，便是期盼多時的組長人選猜拳大戰。

先前大家搶著參加人員協調組時，使用的猜拳規則是贏的人加入；現在這裡的規則完全相反，是由猜輸的人當組長，態度上可說是相當消極。

大家先經過一番爭執，討論到底要不要用猜拳決定，最後由三年級某位忘記叫什麼名字的人當上爐主，成為我們這組的組長後，立即宣告散會。

「辛苦了。」

我們基於社交禮儀，非常表面地互相道別，馬上各自做鳥獸散。雪之下率先離去，我跟著走出會議室。

這時，我看見相模南出現在會議室一角，樣子顯得相當失落，八成是因為剛才沒做好主任委員的第一項任務，一直過意不去。

先前跟她聊天的兩個女生，以及平塚老師、巡學姐也在那裡，她們大概在討論之後的事情。

我從旁經過的瞬間，正好和平塚老師對上視線。

平塚老師對我眨眨眼，並且揮揮手像在說「拜拜～」，我似乎能聽見她的眼睛發出「叮咚☆」的聲響。

……還是速速回去吧。

## 相模南
minami sagami

**生日**
6 月 26 日

**專長**
無特別專長。

**興趣**
無特別興趣。

**假日活動**
在住家附近的超商打工、
購物。

# 果然海老名姬菜的音樂劇腐得一塌糊塗2

距離校慶進入倒數一個月，全校上下都忙碌起來。

從今天開始，學生們可以於放學後留在教室準備校慶活動。看看其他班級，有的同學搬來紙箱，有的同學準備繪畫用具，還有一些傢伙迫不及待地準備好零食和飲料，說要慰勞大家的辛苦，熱熱鬧鬧地開起派對。

我們二年F班也如火如荼地進入準備階段。葉山站上講台，對大家宣布：

「現在我們要決定演員名單跟工作人員。編劇由姬菜負責，至於其他的……」

他在黑板寫下幾個重要職務，結果——

導演：海老名姬菜

舞台指導：海老名姬菜

編劇：海老名姬菜

史上最堅強的夢幻陣容誕生！

沒辦法，畢竟其他人八成無法勝任這些工作。集三大頭銜於一身，該說是製作總指揮，還是超級製作人呢？

在創作型的工作之外——

製作助理：由比濱結衣

媒體宣傳：三浦優美子

主要工作人員團隊逐漸成形。既然女生在這次的戲劇裡沒有份，幕後工作當然由她們負責。

接下來是最刺激的部分。

說到演戲，一定少不了表演者，何況這次的演員以男性為主——不，根本清一色都是男性，這是一齣讓人血脈賁張的全男性版《小王子》。

為了顧及人道考量，稍早曾公開徵求自願演出的人，但是沒有半個人報名。這樣的結果並不意外，畢竟看過那種大綱後，我不認為有誰還願意上台。

「呃……大家不用太在意那些角色說明，正式表演時不會那麼露骨。」

儘管葉山安撫著班上男生，效果仍相當有限。腦中一旦想像過那種畫面，從此便很難抹除乾淨，男生們陷入某種詭異的沉默之中。

「沒辦法……」

海老名姬菜的鏡片閃過異樣光芒，她站上講台。

現在每個男生是生是死，恐怖的決定權就掌握在她手上。

她無視台下的不安聲浪，開始在黑板寫下演員名單。看來她已懂得把製作總指揮的權力運用自如。

首先是前菜，亦即配角。

海老名振筆疾書，逐一在玫瑰、國王、自戀男底下的空白填上名字。

「不要啊啊啊啊啊～～」

「求求妳！我不要演地理學家！」

「我的馬特洪峰啊啊啊～～」

隨著一個個姓名出現，教室各個角落紛紛傳出哀號。現場情況之慘烈，猶如一幅地獄繪卷。

接下來進入主菜，亦即主要角色。

小王子：葉山

葉山見到自己的名字，身體瞬間僵硬，臉色也顯得蒼白。不過女生們看到這個姓名，則是興奮地尖叫起來。也是啦，畢竟是最主要的角色，找最能吸引觀眾的人來演，是非常正確的決定。

至於另外一位主要角色……

我目不轉睛地盯著海老名手上的粉筆，一道道白色線條逐漸構成相當眼熟的形狀。

我：比企谷

「……等等，這不行吧。」

答案揭曉的瞬間，我不禁如此低喃。耳朵敏銳的海老名聽了，露出驚愕的表情。

「咦？可是葉山×比企鵝同人本，可是非買不可的等級喔！不對，應該說是非腐不可！」

這個女的到底在說什麼……

「純潔無瑕的小王子用甜言蜜語對自暴自棄的飛行員發動攻勢，不就是這部作品的魅力嗎？」

原作才不是那樣子，小心法國人會生氣喔！

「可是……我是校慶的執行委員……」

「對、對啊，比企鵝已經是校慶的執行委員，這樣還要他抽出時間參加排練，現實上不太可行。」

葉山，漂亮的援護射擊！

「這樣啊……太遺憾了。」

「嗯，所以說，要不要重新通盤考慮一下演員名單？像是小王子……」

原來那才是你的目的嗎？

但是非常可惜，葉山還沒把話說完，海老名又動起手上的粉筆。

小王子：戶塚

我：葉山

「雖然少一些自暴自棄的感覺，但先這樣將就一下吧。」

「所以我還是得上台啊……」

「喔！那種自暴自棄的感覺真不錯～」

葉山失望地垂下肩膀，海老名見狀，對他豎起大拇指，表示「good job」。

讓我們把葉山擺到一邊。戶塚跟小王子的形象頗為接近，由他擔任這個角色，實在是非常明智的決定。不過，他本人大概完全沒料到會由自己擔綱，目前仍然處於狀況外。

「感覺難度很高呢……我真的沒問題嗎？」

「不會，很適合你。」

儘管海老名有那方面的興趣，至少眼睛還是雪亮的。雖然她的眼神充滿腐的氣息，不過跟我腐爛的死魚眼不太一樣。

「是嗎……那我得先好好做功課，不然劇本裡滿滿都是看不懂的內容……」

「其實你不用特別做功課，直接閱讀原作會更好理解，畢竟那份劇本早已被改得亂七八糟……」

用功固然是好事，但世界上有很多東西，還是不要知道比較好。萬一戶塚不小心覺醒，從此走上那條路，我難保不會跟著覺醒。可以的話，還是希望可以避免這樣的風險。

「八幡，你讀過原作小說嗎？」

「……嗯。」

故事本身並不讓人討厭，真要說的話，我算是喜歡那個故事。只是其中有些地方我不太能接受，所以無法大大方方地稱讚。這是一部難以評論的作品。

「要看的話，我可以借你。」

「真的嗎？謝謝！」

戶塚聽我這麼說，臉上立刻綻開花朵般的笑容。打從出生到現在，我第一次覺得，有讀書這個興趣真是太好了……

這時候，包含戶塚在內的所有演員都被叫去集合。

「八幡，我先過去囉。」

「好。」

我目送他離去，轉頭看看教室各處。

目前除了演員組、服裝組各自聚在一起討論相關細節，宣傳組也開始擬定計畫，另外還有一群人在哀悼不幸被抓去演戲的同伴。

我看了他們最後一眼，轉身離開教室。才剛走幾步，背後便傳來一陣匆匆忙忙的跑步聲。我不用轉過頭，便知道那個人是誰。在這個世界上，光憑腳步聲便能辨認出是誰的人，也只有鱈男（註32）跟由比濱。

「自閉男，你要去社辦嗎？」

---

註32 指《海螺小姐》的角色河豚田鱈男，動畫裡的腳步聲相當獨特。

由比濱從後面問道，我稍微放慢腳步回答：

「嗯。距離校慶執委開會還有一些時間，而且之後可能會有一陣子沒空去社團，所以我要先報備一下。」

「這樣啊，也是……那麼，我跟你一起去。」

由比濱走到我身旁，我用眼角餘光看向她問道：

「妳不用準備校慶活動嗎？」

「還不用，我大概要到正式開始後才會忙起來。」

我只應一聲「喔」，兩人繼續走在通往社辦的走廊上。

× × ×

校慶執行委員會的會議固定在下午四點開始，在這之前，我得先想辦法打發時間。

即使繼續待在班上，也不會有誰來要求幫忙，我的存在只會令他們感到礙手礙腳。何況，我已經肩負校慶執行委員這項重任，就算有幫忙的意願，也無暇幫他們多少，而且離開前得花一番功夫交接，過程中還有可能出錯。既然如此，當然是一開始便不要幫忙比較好。在這個社會上，有時也會出現「不工作才是對大家都好」的情形。

……如果班上同學正是料到這一點，才把執行委員的職務塞給我，我也只有佩服的份。就某方面來說，他們搞不好反而是最瞭解我的一群人。

Untouchable——這樣一想，便覺得自己超級帥氣。

在總武高中的校慶活動，只有一部分的社團參展，例如管弦樂社將舉辦演奏會，或茶道社會舉辦茶會等等。

大家原則上是以班級為單位參加校慶，非班級的部分通通隸屬於「有志團體」。

從剛剛開始，我一直聽到電吉他發出狂野的嘶吼，想必是有志參加校慶表演的樂團在練習。今天的吉他也是狀態絕佳，一輪到自己上場便興奮地錚錚高唱，貝斯也「碰碰碰」地發出低音。你們是歡喜碰碰狸嗎？

不過，那也僅止於本館和新館之間。

儘管附近吵得要命，通往特別大樓的走廊依然維持清靜。

由於太陽照不到這個地方，氣溫感覺比其他地方低一、兩度。

社辦大門的鎖已經開啟，不知怎的，我好像感受到社辦內散發出寒氣。

我打開門，不意外地看見雪之下坐在社辦裡。

「嗨囉～」

雪之下聽到由比濱的招呼聲，緩緩抬起頭，像是覺得刺眼似地瞇起眼看向我們。她猶豫一會兒才開口：

「……你們好。」

「嗨。」

我們一如以往地互相打招呼，坐到各自的專屬座位。

「想不到妳也是校慶執委。」

「咦，真的嗎？」

「沒錯……」

雪之下沒有從手上的文庫本移開視線，只簡短地回答兩個字。

「真想不到小雪乃會接下那樣的工作。」

「是嗎……好吧，的確……」

就我所知道的雪之下，確實不是那種會站在人群面前的類型。與其說她缺乏積極性，倒不如說她不喜歡引人注目。

「你出現在校慶執委的會議上，才比較讓我意外。」

「啊，也是呢~感覺超不適合。」

「喂，我是被半強迫去參加的……不過跟演班上那齣音樂劇比起來，去執委會打雜還好一些，所以我沒什麼怨言。」

「果然是你會說的理由。」

「但妳可就不是。」

我說了一句帶刺的話。

這句話不是針對雪之下，而是針對我本身。我又犯下老毛病，將自己的理想強加在別人身上。我厭惡這樣的自己。

「……」

「……」

雪之下完全不予回應，視線停留在文庫本上。社辦內頓時失去一切談話聲，連時間都好像跟著凍結。

古老的掛鐘兀自走著，秒針的滴答聲格外刺耳。由比濱深深嘆一口氣，看向時鐘。

「那個……你們今天一樣要開會吧？我也得回去跟班上同學討論表演……」

她想說的後半句話由我補完。

「啊，對對。接下來有執行委員的工作，我短時間內沒辦法來參加社團活動。」

真要說的話，可能是「不會來」才對。

雪之下閉上眼睛、闔上書本，仔細咀嚼我們的話後，重新張開眼睛，第一次看向我們這裡。

「……正好，我今天也準備跟你們談這件事。在校慶活動結束前，我打算暫時停止社團活動。」

「很正確的決定。」

「嗯……也是呢。校慶快到了，這一陣子先停止社團活動比較好。」

由比濱稍微思考後，也贊成雪之下的做法。

「那麼，今天到此結束吧。」

「嗯……不過你有空的時候，記得要來幫忙班上準備喔。」

我在心中盤算，在校慶執行委員的工作之外，若還必須幫忙班上的音樂劇表演，那豈不是蠟燭兩頭燒。Unlimited Double Works（註33）……

「……有時間的話再說……那我走啦。」

我給了一個意思等同「絕對不會幫忙」的回覆，拿著書包站起身。書包裡明明沒有什麼東西，現在卻沉重得宛如放了鉛塊。

……天啊～超不想去的～

這到底是怎麼回事？想不到去工作竟是如此痛苦，我的胃好像開始作痛。難道說是精神凌駕於肉體之上，導致我的意念影響到現實世界？這是哪門子的空想具現化（Marble Phantasm）能力（註34）。

既然是工作，我還是會乖乖去做啦，但我忍不住嘆一口氣。沒辦法，人家不想工作嘛……

我握上門把時，外面忽然傳來敲門聲。仔細一聽，門外的人正在嘻嘻哈哈地笑鬧。

「請進。」

註33　改自《Fate/stay night》中Archer和衛宮士郎的固有結界「Unlimited Blade Works」。

註34　出自電腦遊戲「月姬」，將幻想化為現實的能力。

雪之下應聲後，對方小心翼翼地打開門，原本像樹葉摩擦般的細微笑聲瞬間變大。

「打擾了。」

連我也認識走進來的人是誰。

她是跟我同班的相模南，也跟我同樣是校慶執行委員，而且還擔任主任委員。相模的身後跟著兩個女生，她們的臉上帶著淡淡微笑。

相模看到我們，立刻驚訝地睜大雙眼。

「咦，雪之下同學跟結衣？」

等一下，妳漏掉一個人喔。這裡還有一個跟妳同班，也跟妳一樣是校慶執行委員的人。

「小模？妳怎麼會來這裡？」

由比濱對她們的出現感到不可思議，但相模沒有回答她的問題，自顧自地環視社辦一圈。

「喔～～原來侍奉社就是你們的社團。」

她一邊說，一邊來回打量我跟由比濱。

這時，我又感覺到一陣寒意。相模的眼神中暗藏蛇的狡猾，瞳孔也好像垂直裂開似的，看得我有點不舒服。

「請問有什麼事？」

雪之下仍然是老樣子，用沒好氣的冰冷聲音對待不熟識的人。只不過她今天的語氣似乎格外冰冷，不知道是為什麼。

「啊……突然來打擾你們，抱……對不起。」

相模動了動身體，修正自己的用詞。

「我來這裡，是有點事情想商量……」

她沒有看向雪之下，而是跟站在兩旁的同伴交換眼神。

「雖然我當上校慶執行委員會的主任委員，可是對自己沒有什麼把握……所以想請你們幫忙。」

昨天的會議結束後，她跟平塚老師就是在討論這件事嗎？看來老師又丟出一個有困難的學生給侍奉社。

我明白相模想表達什麼。不論是誰，對初次挑戰的事物和責任重大的工作都會有些退縮，更何況是相模。根據我在班上對她行為舉止的觀察，相模實在不是會帶頭接下那種工作的人。

然而，我們是否應該幫助她？

雪之下凝視著相模，默默思考一段時間。相模被她不發一語地盯著，尷尬地別開視線。

「我認為這違背妳當初說要自我成長的目的。」

如同雪之下所說，在第一次執行委員會議上，相模是出於自己的意願，為了讓自己更加精進，因而主動接下主任委員的職位，承擔那些繁重的工作。

相模一下子說不出話，但還是不改臉色，輕輕露出微笑。

「是沒有錯，不過，我也不希望把活動辦失敗，帶給大家困擾是最要不得的。再說，透過跟其他人合作，共同完成一件大事，這也算是一種成長。我認為這點同樣很重要。」

相模一口氣說完，中途沒有任何停頓，雪之下只是靜靜聆聽。

「而且，我身為班上的一分子，當然希望可以好好幫班上的忙。要是從頭到尾都不幫忙，對他們也很過意不去。對吧？」

相模看向由比濱。

「……嗯，對啊。」

由比濱短暫思考後，同意她的看法。

「我自己也比較喜歡跟大家一起合作……」

「沒錯吧～如果能透過這個活動，讓大家的感情更加融洽，不是很好嗎？所以說什麼都要辦好活動才行！」

相模說完，兩旁的同伴跟著點頭附和。

然而，由比濱的臉色不太好看。

我能夠理解她的心情。說明白一點，相模真正的目的，是拜託雪之下為自己一時興起做出的事情善後。

這跟材木座在網路上大放厥詞，惹惱遊戲社那群傢伙沒什麼兩樣。

相模真正想要的，不過是「校慶執行主任委員」這個頭銜罷了。其他什麼「透過這個機會累積經驗和知識」，都只是說好聽的而已。如果她真的想扮演好主任委員這個角色，應該從內部尋求協助，而不是找上我們這些外人。例如巡學姐，她正是擅長從內部尋求協助。儘管本身不是很可靠，但是她良好的人品和性格讓學生會幹部願意大力支持，因而能漂亮地維持整個組織順利運作；另外一種可能，則是她表現出自己靠不住、軟弱的一面，使大家凝聚出某種團結的力量。

可是，相模跟巡學姐不同。她不敢揭露自己軟弱的一面——不，應該說是為了虛張聲勢，才想要從外部尋求協助。這是我所感受到的。

這樣一來，她跟那時候的材木座有何不同？

非常遺憾，自己捅的婁子只能自己想辦法解決。一時鼓起勇氣做出的事情，大多不會有什麼好結果。這點請大家謹記在心。

在不久的將來，她將面臨慘痛的教訓，然後為此後悔，告誡自己不能再犯下相同的錯誤。這其實也不失為一種成長。

若是這樣思考，這次我們大可以拒絕相模的請求。

倒不如說，如果真的為相模著想，我們更不應該隨便伸出援手。況且，我不希望再增加自己的工作量。

雪之下從剛才到現在，幾乎沒有說任何話。相模開始感到在意，稍微抬起視線觀察她。

雪之下察覺到對方正在等待答覆，統整好意見後，緩緩開口再行確認。

「……妳的意思是，要我從旁提供輔助即可，對不對？」

「嗯，對。」

相模大力點頭，表示她說的沒錯，但雪之下依舊維持冰冷的表情。

「是嗎……那麼，我不反對。畢竟我自己也是執行委員，如果是在職務範圍內，我可以提供協助。」

「真的嗎！謝謝妳～」

相模高興地拍手，毫不掩飾心中的喜悅，並且往雪之下跑過去。

由比濱的反應正好相反，她略帶詫異地看向雪之下。

老實說，我也有點料想不到，本來以為雪之下一定會拒絕這種請求。

「那麼，拜託妳囉！」

相模簡單地道謝後，跟同行的朋友離開社辦。現場只剩下我們三個人後，氣氛再度變得沉重。

這次我是真的準備離開社辦，可是……

由比濱下定決心，站到雪之下面前。

「……不是說要暫停社團活動嗎？」

她的聲音比平時冰冷，雪之下注意到這一點，肩膀一震，稍微抬起頭看向她，接著很快又移開視線。

「……這是我自己的事情，你們不需要在意。」

「但是，如果是平常——」

「我平常就是這樣，沒什麼改變。」

雪之下先一步打斷由比濱的追問。由比濱也明白她固執的個性，放棄似地輕輕嘆一口氣。

「……不過，大家一起做不是更——」

「沒關係，我多少知道校慶執行委員會的工作情形，由我一個人做比較有效率。」

「效率……或許是那樣沒錯……」

聽雪之下這麼說，由比濱不知該如何接話。雪之下則是冷冷盯著剛闔起的文庫本封面，彷彿在暗示由比濱「我不想再跟妳說下去」。

我們站在離雪之下最近的地方，親眼見識過她的能力有多優秀，所以能夠清楚瞭解，即使只有她一個人，照樣有辦法把事情辦好。

「但是，我還是覺得那樣不對。」

由比濱說完這句話，旋即轉過身去。在場沒有人叫住她。

「……我要回教室了。」她踏出腳步離開社辦。

我看著她們一來一往，不禁愣在原地，待由比濱離去才回過神，重新背好書包，跟著離開社辦。

我關上大門時，回頭看了看裡面。

雪之下獨自留在社辦內。

那幅景象淒美得可怕，卻又教人心痛不已，猶如整個世界毀滅之後，一道陽光從天空灑落在廢墟中。

× × ×

由比濱快步走在走廊上，室內鞋在油氈地板上發出「啪、啪、啪」的聲響，跟脫線的外表大相逕庭。

「什麼意思！什麼意思！什麼意思！」

「喂，等一下，妳先冷靜下來啊。」

我叫住走在前方的由比濱。

響亮的腳步聲頓時停下，她轉過身時，鞋底發出「嘰」的一聲。

「什麼事？」

她鼓起臉頰，顯得非常不高興。由比濱會出現那樣的表情，真是罕見。

「妳突然那樣是怎麼啦？」

「我不知道！真是的……嗚嗚～」

不要吠，妳是狗嗎？

由比濱不斷跺腳，同時整理自己的思緒，一字一句把心中的想法說出口。

「總覺得……那不是平常的小雪乃……她平常不是那樣子。」

「嗯，那是因為……」

「你也一樣。」

她隨後補上的話，像一把短刀刺進我的胸口。

「……」

這點我也很清楚。最近的我總是勉強自己表現得跟平常一樣，但是當我產生這種想法時，便已代表自己不同於以往。發現不正常的地方後試圖改正，結果卻使自己變得更不自然。我完全陷入惡性循環中。

站在外人的角度，果然一眼即可看穿嗎……

由比濱見我沉默下來，大概認為我默認或正在反省，所以不再深究。這一點著實讓我鬆一口氣。

「還有……」

我等待由比濱說下去，她倒是先扭捏起來，一副難以啟齒的樣子。

「你可以……聽我說一些……不太好聽的話嗎？」

「啥？」

我不知道由比濱想表達什麼，因而發出奇怪的聲音反問。由比濱不安地抬眼看向我，再次跟我確認。

「……請你不要討厭我喔。」

「這個我無法保證。」

「咦？那就麻煩了……」

她頓時停止動作，僵在原地。

其實也是啦，這傢伙不會只展現自己光鮮亮麗的一面，真不知道該說她是笨蛋還是什麼。但她不時也會顯露愛打主意的一面，讓我應付不來。

不過，這樣下去的話，我們根本沒辦法繼續對話。無妨，不管現在聽到什麼，我都不認為會有所改變。我搔搔頭，填補這段沒人說話的空白時間。

「唉……不用擔心，我已經討厭大部分的人了，現在不可能因為一點小事再討厭誰。」

「這種理由真悲哀……」

唔，由比濱是真的在同情我。

「放心啦。快點，不太好聽的話是什麼？」

經我這麼催促，由比濱稍微吸一口氣才說道：

「嗯……其實，我……不太擅長……跟小模相處。」

「喔。所以，不好聽的話是什麼？」

「就、就是這個啊。」

「啥？」

我不禁連連眨眼，像極了菲比小精靈（註35）。可惡，相模。不對，是想摸。

「妳說什麼？剛才那句話有哪裡不好聽？」

「我、我覺得跟別人處不好，或是鬧得不愉快，不是什麼好聽的事……」

原來是這麼回事。按照常理思考，那確實不是什麼光采的事。由比濱不知是如何看待我的沉默，雙手侷促地在胸前擺成倒三角形。

「……我不太想讓人看見自己討厭的一面。」

她把視線轉向走廊一隅。

「傻瓜。」

這段發言太過天真，我忍不住笑出來。傻瓜，妳以為我現在看到了，就會有什麼改變嗎？

「我也不太會應付那個傢伙。」

「嗯……我跟你不太一樣。說不擅長應付感覺不太對，說不定我其實不喜歡小模。可是，我們是朋友……」

「這樣啊……妳不喜歡她，但妳們還是朋友？」

「嗯，至少我是這麼想的。」

到頭來，我還是搞不懂女生對「朋友」的定義。

「可是，對方不見得這麼認為……其實我覺得，她好像討厭我。」

---

註35　一九九八年於美國發售的電子寵物玩具Furby。

「喔，是啊，這個一看就知道。」

儘管相模表現的態度跟「討厭」不太相同，我還是看得出她對由比濱的敵意，或者說是想跟她對抗的心態。我用眼神要求由比濱說下去，發現她以奇怪的姿勢愣住不動。

「咦……你、你都有看到啊？」

「好，暫停，剛才我說的話通通不算。我完全沒有看到，完全沒有看到，那只是我自己的感覺。」

「其實，你看到了也沒關係……」

由比濱搔著頭這麼說。呃……非常抱歉，其實我看得滿清楚的，我為自己說謊一事向妳道歉。

我在心中向由比濱道歉，為自己的行為懺悔，由比濱則看向遠處。

「一年級的時候，我跟小模在同一個班級。」

「喔~所以感情很不錯囉？」

「嗯……勉勉強強。」

她大概是陷入思考，或是不知該如何回答，臉上浮現複雜的表情。

「……那就是不太好囉？」

「等一下，你的推論跳太快！」

「所以原本感情很不錯？」

「嗯……好吧，算是。」

她又露出複雜的表情。

「那就是不太好嘛。」

聽我這麼說，由比濱終於受不了而嘆一口氣。

「……好，到此為止。」

明明就是這樣，還說什麼到此為止，女生之間的事情未免太麻煩。

「那時候，我跟小模算是班上滿活躍的一群，她好像也對此相當有自信。」

除了相模和由比濱，一定還有不少那種人，我可以輕易想見她們處於班級中心的樣子。

由比濱不只是外表有加分效果，也擅長跟人打交道、配合他人，因此要融入光鮮亮麗的活躍同學們之中，自然不是什麼難事。

至於相模，我認為只要找到對的同伴，她也有足夠的能力成為最醒目的一群人。從校慶執行委員會上也能看到，相模不用多久便找到同伴，跟她們形成一個團體，可見她在人際關係和自我表現能力上很優秀。

可是進入二年級後，這兩人所處的位置不同了。是什麼樣的原因，拉大她們之間的落差？驕傲自滿？環境差異？

最大的因素，想必在三浦身上。

進入二年F班後，三浦穩坐在校園階級的最頂端；之後進入挑選初期夥伴的階段，她又用極為殘酷的標準，也就是「可愛」的程度，決定想要結交的朋友。

那個人果然很不簡單，竟有辦法無視女生之間的關係，憑自己的意志決定想跟誰在一起。不論贊不贊同她的做法，她無疑是貨真價實的女王。

接下來，三浦跟相模不對盤——我不確定這種說法正不正確，但只要是明眼人，都能輕易看出相模是第二大集團的頭頭。

對校園階級意識強烈的相模而言，這肯定是相當屈辱的事。

如果無法登上最頂層的階級，她也只能摸摸鼻子接受事實，偏偏過去跟自己立於相同地位的由比濱卻爬了上去。不管怎麼想，她一定都無法心平氣和地接受。

這樣一想，相模至今的一舉一動便都解釋得通。

「所以，我不怎麼喜歡小模現在做的事……另外也包括小雪乃接受她的委託，跟她好好相處……」

由比濱說到這裡，又對自己的話冒出問號，然後像是明白了什麼，微微點頭。

「我……搞不好比自己想像的，更喜歡小雪乃。」

「妳突然說什麼啊？」

如果是輕鬆百合（註36），倒還沒有問題；萬一她們要認真百合起來（註37），可就

註36《輕鬆百合》是以一群國中女生為主角的動漫畫作品。

註37「百合」在ACG中代表女生之間的愛情。此處的「認真」意指已進入第二階段，會擁抱、親吻彼此，不再對男生有任何興趣。

超出我的守備範圍。

「我、我不是那個意思啦！大概……是看到她跟其他女生要好，才覺得不高興……總覺得自己像個小孩子。」

由比濱不好意思地漲紅臉頰，撥弄盤在頭上的丸子。

那種獨占欲的確有點孩子氣，這在年紀小的女孩間並不罕見，我妹妹小町應該也經歷過那個階段。

人類的本質不會輕易改變，我們只是藉由訓練，學會把那些感情壓抑下來，它們依然會在不經意間調皮地探出頭。

「女孩子是很麻煩的，必須注意的事情多得數不完。」

由比濱突然換上認真的口吻，反而顯得有點滑稽，我忍不住發出笑聲。

「喂喂喂，男孩子也是很麻煩的喔。我們同樣有各自的派系或是小團體之類的問題，別以為那些都是女生的專利。」

「是嗎？」

「嗯。」

「這樣啊……人類還真是麻煩。」

由比濱「啊哈哈」地笑起來。

確實如此，人類是很麻煩的動物。

我厭惡那些麻煩事，所以早早便徹底放棄，打定主意不蹚這渾水。那些盡可能想打理好自己外表的人，肯定都不是真心的。

「之前說好的……」

由比濱突然這樣說，讓我一下摸不著頭緒。我沒有說什麼，只是不解地看向她；她也停下腳步，筆直地看過來。

「如果小雪乃遇到困難，你要幫忙她。」

這是我們暑假去參加煙火晚會時，在回程途中的談話。

此刻的由比濱跟當時一樣認真，由不得我說願不願意，因此，我也盡可能給出最確實的答覆。

「如果在我的能力範圍內。」

「嗯，那我放心了。」

她輕輕露出笑容。

被一個人無條件信任到如此地步，只會讓我不知該如何是好。

不用語言道盡一切，似乎更有說服效果。如果對方附上一大堆理由，我還可以試著找出她的企圖跟矛盾點，但是像這樣只用一個笑容帶過，我根本無法在雞蛋裡挑骨頭。

「那麼，我要回教室了，你也加油吧。」

由比濱對我揮揮手便跑走，我同樣舉起一隻手回應，再度踏出腳步。

× × ×

我跟由比濱分開後，繼續在通往會議室的走廊上行走。會議室位於L形左彎處的轉角，如果再繼續往下走，便是登上三樓二年級教室的樓梯口。

在樓梯前方的陰暗處，一個人影擋住去路。

夏天的燠熱仍未完全散去，對方卻身披大衣，交疊套著半指手套的雙手。我對那個人有印象，所以直接予以無視，從旁通過。

下一刻，那個人緩緩拿出手機撥打電話。

沒過幾秒鐘，我的手機開始震動。

我們明明彼此認識，還故意打電話聯絡，真教人火大；何況他還開始裝模作樣，更是令人生氣。

「唔嗯，聯絡不上，該不會是在忙吧……哈！哈！哈！怎麼可能？全世界就只有他不可能在忙！沒錯吧，八幡？」

「全世界也只有你沒資格對我說這句話……」

我可沒有辦法被說成那樣還悶不作聲。如果換成其他人那麼說，我可以不屑地笑笑帶過；唯獨這傢伙——材木座義輝，我狹小的器量容不得他胡說八道。

「倒是你在這個地方幹什麼？爬樓梯減肥？」

「呵，真教人懷念。我以前的確做過那種事，但是由於膝蓋積水，而且……舊傷疼得要命。沒錯，就是胯瘡。」

這、這樣啊……為了健康著想，還是多注意一下比較好。

材木座不理會我的擔心，從某個地方變出一疊紙遞過來。

「那些不重要，看看這個吧，八幡。覺得怎麼樣？」

「這是什麼？輕小說的話我可不看。」

如果是平常，我還可以稍微對他好一點，但我現在沒有那種時間。我正趕著去開會，根本沒有餘力、沒有空閒、沒有意願、沒有好感度跟他在這裡瞎耗。

「非也！這不是輕小說！」

材木座激動地否定，讓我萌生一點好奇心。這一疊紙不是輕小說的話，會是什麼？他見我的視線落到紙張上，立刻露出得意的笑容，大聲宣布：

「給我聽清楚！看仔細！然後嚇得腿軟！並且，以死謝罪……你可知曉，我們班要在校慶表演戲劇？」

「誰會知道……還有我為何要對你以死謝罪？等一下，停！不要再說——」

「說到演戲，當然少不了劇本。」

「夠了，住口！給我停下來！」

然而，材木座絲毫不理會我的制止，高高舉起拳頭，朗聲大談自己的事情。老實說，真是煩死了。

「哎，這根本沒什麼。班上那些人啊，在討論時說什麼不想演太普通的戲劇，想自己寫一齣原創劇本。」

「喂，算我拜託你，不要再說了。」

我已經知道事情將如何發展，又會引發什麼樣的結局。國中的時候，我也幹過一模一樣的事。

可以自己原創劇本、劇情這種事，只到小學生為止。

事實上，在小學階段，這是個不錯的選擇。成果發表會和歡送會上，的確可以寫一些短劇劇本，大家甚至還會稱讚。然而進入國中後，這麼做只會淪為被鄙視的對象。

「呵……」

想到這裡，我不禁發出乾笑。

「唔，怎麼？」

我隔著窗戶玻璃，看向天空。

「沒什麼……只是想到，距離我們成為大人，似乎太早了點。」

「呵，真是怪人……我完全聽不懂你在說什麼。難道你不覺得很可笑？算了，先不談你的事，看看我的原創劇本。」

總覺得他趁機偷渡令人非常不爽的話，而且現在根本還沒決定要用他的劇本。

這樣的人未免太可憐，但我好歹算是認識他，默默看著他赴死，會讓自己在夜裡做惡夢。出於一番親切，我決定給他一點忠告。

「好吧，我知道了。不管怎麼樣，千萬別讓自己喜歡的女生演女主角，你會後悔一輩子……啊，還有，不要自己下去演主角。」

「嚇！八幡，難道你會讀心術？」

「才不會。總之，我已經忠告過你。」

這不是什麼讀心術，純粹是基於過去的經驗法則。在那之後，我暗自發誓，絕對不要再讓人看到那些東西。

「唔咳，我懂、我懂。總而言之，你的意思是——」

材木座一臉正經地清清喉嚨。

「最近不流行正統派主角，帥氣的反派跟對手角色更受觀眾歡迎。對吧？」

「我看你根本沒有瞭解……」

「唔？哪裡有問題嗎？」

「不，你說的其實沒有錯。第一代的光之美少女也是由黑天使擔任主角（註38）。藉由代表色區分不同角色的個性，搞不好就是看準那個目標。真正錯誤的地方，是你本身的存在。」

我本來的目的是要強調最後一句話，但是材木座的耳朵性能太好，自動過濾掉有損自己的話，結果只是「哼嗯哼嗯」地拚命點頭。

---

註38 指二〇〇四年至二〇〇六年播映的最早期「光之美少女」，兩位女主角分別以黑色與白色為代表色。

「原來如此，的確有道理。你提倡的『黑天使法則』……說不定行得通喔！唔嗯，不愧是光美學的權威……」

「喂，別鬧了，不要隨隨便便說我是權威，那樣太抬舉我。而且，我其實是白天使派的。」

真是的，竟然把我捧成權威，在下怎麼敢當？我充其量是因為喜歡才欣賞一下動畫，根本是連原畫是誰都不知道的一日觀眾；說到收藏，也只是等著過去系列的DVD重新推出藍光版。若說我這種人是御宅族，可會得罪其他所有死忠愛好者，到時候我只能以死謝罪。

「哼嗯，看你的反應，原來是個行家……」

材木座錯愕地後退一步。

「夠了，我不想再管你，你自己在痛苦中慢慢後悔吧！」

現在我再說什麼都沒用。既然如此，只好讓他深深受到心靈創傷，藉此告訴自己不可以重蹈覆轍。被瞧不起、受到傷害、被羞辱——人們必須經過這些歷程，才會有所成長，愛、友情和勇氣是改變不了什麼的。

但願C班的各位同學們，能夠給予材木座重大的致命傷。

「對了，你會去看十月上映的電影嗎？」

「開什麼玩笑？我這種人去電影院，會嚇到其他家庭跟小女孩，那樣對他們太可憐……到時候我會去買藍光片。」

「唔！明明最希望第一個看到電影，卻得那樣忍耐……你是男人中的男人！」

不知為何，同樣身為男性的材木座淚如泉湧，為我哭泣。

我才比他更想哭。接下來還有工作要忙，我為什麼得在這裡，跟這個傢伙聊這種話題？

我擺脫材木座的視線，走向會議室。此刻的腳步比平時更加沉重。

# 4 冷不防地，雪之下陽乃強襲而來

相模造訪侍奉社社辦的幾天後，她在定期召開的校慶執行委員會議開始前，興高采烈地宣布由雪之下擔任副主委。

對於這項決定，以原本便擔任顧問老師的厚木為首，城迴巡等幾位學長姐都對她寄予厚望，執行委員會從上到下皆抱持肯定的態度。

說雪之下是在大家的期待下登場，應該不會太誇張。

儘管這樣一來，我隸屬的「記錄雜務」組會損失一個人手，好在這一組的工作量本來就不重，少一個人還不至於引發重大問題。所以說，我不在其實沒關係……我腦中閃過這個想法，不過多虧我加入窗邊族（註39）的行列，才得以逃過班上的音樂劇演出。做人還是不要太貪心。

雪之下一上任，立刻展現手腕，推動整個執行委員會運作。

註39　日本職場中不受重用的員工或冗員，常被分配到靠窗的位置，因而得到這個稱呼。

她重新規劃時程表，向全體委員會徹底宣達，並且要求各組別每天報告進度以利追蹤。

一切都相當順利地進行著。

當媒體宣傳組為了要在哪裡張貼海報而頭痛時，她會分析地圖上的動線和人潮流量做出指示；當人員協調組為招募不到有志表演者而苦惱時，她則創立地方獎並且提供獎品，以號召學生報名。

雖然像我這樣的底層人物不瞭解執行部門內部的情況，我還是很清楚雪之下賣力地工作著。

執行委員會上層以相模南的名義下達指示，但我不難想像，那些都是雪之下在幕後操刀。

一切看起來都相當順利。

不知不覺間，執行委員們已經召開過好幾次例行會議。

一如往常，到了下午四點的開會時間。

相模環視齊聚會議室的成員，開口宣布：

「那麼，現在開始進行例會。」

大家跟著應聲「請多多指教」，並且行一個禮。

會議的第一個流程，是各組別報告各自的工作進度。

「首先請媒體宣傳組發言。」

媒體宣傳組的組長起身報告進度。

「預計張貼的區塊已完成七成，海報製作進度也達到一半左右。」

「嗯，真不錯。」

相模滿意地點頭，但是下一秒，另一個聲音立刻潑她一盆冷水。

「不對，這樣有點慢。」

意料之外的發言讓大家騷動起來，但是發出聲音的人——雪之下雪乃不顧眾人的騷動，仍舊出言責備。

「校慶就在三週之後，若把來賓調整行程的時間考慮進去，現在應該已經要完成了才對。跟張貼店家的交涉還有網站架設都好了嗎？」

「還沒……」

「請加快動作。如果是一般社會人士還沒關係，家有準備考高中的國中生家長可是會把網站看得很仔細。」

「知、知道了。」

媒體宣傳組的組長完全被駁倒，失落地坐回座位，有如洩氣的皮球。

會議室內頓時變得死氣沉沉，坐在雪之下隔壁的相模似乎也不明白發生什麼事，只是張著嘴巴望向她。

「相模同學，請繼續。」

經雪之下催促，會議才進行下去。

「啊……嗯，那麼，請人員協調組發言。」

「……是。目前募集到十組願意參加的團體。」

組長小心謹慎地報告，相模也生硬地點頭。

「組數增加了呢，應該是設立地方獎的功勞。下一組……」

「那十組都是校內團體嗎？有沒有詢問地方上的團體？請過濾去年為止曾參加的名單，跟他們聯絡看看。往年校慶都很強調跟地方的連結，最好不要讓參加組數減少。另外，舞台分配完成了嗎？還有來訪人數的預估跟舞台工作人員的分工呢？請把時間表列出來提交給我們。」

雪之下不管相模準備進入下一組的報告，毫不留情地提出問題並下達指示。她絕對不允許大家馬虎帶過。

之後的衛生保健、會計審查組也是這樣的狀況，每當組長報告結束，雪之下一定會再問得非常仔細，並且做出諸多指示。

到後來，連會議進行都換成她主導。

「下一個，記錄雜務組。」

「沒有特別要報告的事項。」

我們這組的組長報告得相當簡潔。記錄雜務組最主要的工作，是在校慶當天負責錄影與拍攝，現階段沒有什麼要忙的事情。

身為主任委員的相模也理解這一點，點點頭後環視所有人，準備結束會議。

「那麼，今天到這裡……」

「記錄組記得先交出校慶當天的行程表和器材申請單。一方面校內的攝影器材數量有限，另一方面，可能也有其他表演團體要攝影，為了避免出現重疊的狀況，在交付攝影器材前，請先跟他們協調好。」

「是……」

即使是面對年級比自己高的人，雪之下仍然毫不客氣地提出要求，現場氣氛變得有些尷尬。

不過，現在所有組別都已報告完畢，會議差不多要告一段落，大家終於能放鬆緊繃的神經，不禁疲憊地喘一口氣。然而，副主任委員小姐並不打算就此結束。

「另外……接待外賓的工作，是否可以交給學生會負責？」

「嗯，交給我們吧。」

巡學姐一點也沒有鬆懈，聽到問題後立刻回答。

「那就麻煩學姐。如果學生會能夠更新去年的來賓名單，對我們會有很大的幫助。至於接待一般客人是保健衛生組的工作，麻煩也先把來賓名單交給他們。」

「瞭解。」巡學姐欣然點頭，同時低喃：「哎呀～雪之下同學真不簡單……果然是陽乃學姐的妹妹。」

「……過獎了，這沒有什麼。」

雪之下被她那麼稱讚，露出不敢當的表情。

雪之下做起事來有兩把刷子，確實非常不簡單，然而，她的做法潛藏某些危機。各個組別發表完例行報告，找出執行面上的問題和解決方式後，接著是確認日後的行程，今天要討論的內容差不多已討論完畢。

每個人都感受到會議即將結束，現場氣氛跟著輕鬆起來，有幾個人已經迫不及待地伸展筋骨，發出「嗯嗯～」的聲音。

雪之下察覺到自己從相模手中搶走會議主導權，看了她一眼。

「那麼，主任委員……」

「啊，嗯。今天的會議到此結束，今後也請各位多多指教，大家辛苦了。」

相模宣布散會後，每個人互道「辛苦了」，紛紛從座位上起身。

「累死了累死了……」

「……真是受不了。」

「不過說真的，不覺得她很厲害嗎？」

「是啊，感覺忙了一堆事情……」

我從不少人口中聽到這類對話，大家都對雪之下一流的辦事能力讚不絕口。

而且，可能是她的能力太強、表現得太過突出，部分好事分子甚至說「真不曉得到底誰才是主任委員」；就連學生會內部，也有成員推薦雪之下參選下一任的學生會長。

不愧是雪之下雪乃。

此時此刻，相模想必是最痛苦的人。

理論上，她擁有同等的條件。

她跟雪之下同樣是二年級學生，在沒有太多準備的情況下便得主持會議。

可是，她不斷暴露自己的無能，導致進度延宕，雪之下則是一口氣把落後的進度補救回來。

如果一開始便是由雪之下獨挑大梁，事情發展或許還會不一樣。

但是，現在是相模和雪之下的正副組合，一旦出現比較對象，孰優孰劣將變得非常明顯，在場所有人都看得很清楚。他們稱讚雪之下，便代表瞧不起相模。

雪之下留下來處理雜務時，我看見相模跟另外兩個女生逃命似地離開會議室。

校慶執行委員會已有明確的方向，往後工作起來，將會越來越有效率，雪之下的手腕確實值得大大稱讚。

可是，她究竟有沒有察覺到……

不論是誰，都無法拯救什麼。

×　×　×

雪之下雪乃在例行會議上大鬧特鬧——更正，是大顯身手後的隔日放學時間，輪到二年F班的海老名姬菜大顯身手——更正，是大鬧特鬧。

「不對不對不對不對，商人脫領帶時，要脫得更掙扎、更煎熬！你以為穿西裝是要做什麼？」

穿西裝究竟是要做什麼呢……

在海老名充滿熱情的演技指導下，男生們無一不眼眶含淚。

不過，並不是所有男生都這麼悲慘，其中也有人受到特別待遇。

「那個，已經差不多了吧……」

葉山在一群女生的圍繞下，不知如何是好地問道。

「還不夠還不夠！」

「好戲才正要開始！」

那群女生心中的熱情已被點燃。

現在是演員們的著裝時間，大夥為了正式表演，一而再、再而三地嘗試各種打扮。

我看到相模也出現在其中……好吧，反正距離校慶執委會議還有一些時間。

戶塚也被三個人團團包圍起來弄頭髮，女生們的熱情讓他嚇得動彈不得。

「戶塚，你的皮膚好棒喔！」

「對啊，很適合化妝喔。」

「現、現在……現在只是排練，其實不太需要化妝……」

戶塚委婉地表達拒絕之意，不過那麼做只會凸顯自己的可愛。

「化妝的人也必須練習啊！」

「一點也沒錯！」

女生們見了，反而燃起更強烈的幹勁。戶塚被她們那樣一說，顯得更加瑟縮。

「嗯，這、這樣啊……練習的確很、很重要呢。」

戶塚那麼消沉，實在教我有些於心不忍，無奈我的心太過軟弱，一想到他化妝後會變得更可愛，實在沒辦法出手阻止。

話說回來，化妝組對不同角色的待遇差真多。

例如戶部、大岡之流，女生們只花五分鐘便草草了事；再看看班長，由於沒有人願意幫他化妝，只好通通自己來，而且他的化妝技術還不錯，那動作之熟練，有種說不出的詭異，反而讓人覺得頗為噁心……

除了我之外，還有其他人同樣在觀察大家化妝。

三浦看著葉山那群人，忽然想到某件事。

「對了，照片要怎麼辦？還得製作宣傳海報吧？」

海老名聽見三浦的問題，興奮地對她豎起大拇指。

「優美子，漂亮！妳說的對極了！既然是帥哥主演的音樂劇，把角色照片貼到網路上是炒熱人氣的最好辦法，一點一點放出演員名單是很重要的！這次的『王音』要盡可能擺脫原作的包袱，用演員魅力征服廣大觀眾！」

「王音」（註40）？那是什麼玩意兒的簡稱……還有，我又是處在什麼樣的業界？

三浦和海老名的對話，讓班上同學進入另一個話題。

「那麼，服裝要怎麼辦？用租的嗎？」

「可是用租的可能會弄髒。」

「嗯……」

女生們沉吟思索，這時，海老名再度參戰。

「不行不行，小王子的概念形象早已固定下來，至少他的部分沒辦法使用現有服裝。其他角色的話，用租的倒是無所謂。」

「沒關係吧？觀眾裡可能也有沒看過原作的人……」

「妳瞧不起原作廚（註41）嗎！想在網路上被砲轟是不是？」

海老名發狂似地張牙舞爪，接著又有另外的人提出意見。

「嗯～可是我們的預算非常有限，要租衣服可能很困難喔。我比較希望把錢用到其他地方上……」

由比濱一邊用原子筆搔頭，一邊敲打計算機，並在筆記本寫下一堆東西，那模樣真像家庭主婦。

「為什麼不自己做呢？」

---

註40《網球王子》音樂劇簡稱「網音」，故《小王子》音樂劇簡稱「王音」。

註41「廚」是從日文的國中生「中坊」一詞衍生而來，是對行為和說話幼稚者的蔑稱。

女王陛下聽過大家的意見後，提出這樣的方針。

接著，眾民再度展開新一回合的討論。

「有沒有誰會裁縫？」

「我只有在上課時學過一點。」

……哇，這樣的討論真是有規律。

正當我懷抱佩服的心情，站在窗邊看著一切時，碰巧發現視線一角有一束黑中帶青的馬尾晃來晃去。

啊，是川越，應該是叫川越沒錯吧。川島似乎對女生們的對話很有興趣，一直有意無意地往那邊瞄過去。這點讓我有些意外，原本以為島崎一定對這種活動興致缺缺呢。

我好奇地繼續觀察岡崎一陣子，每當女生們提及「製作」、「服裝」、「裁縫」這類字眼，她便出現反應。儘管我心裡覺得那樣一點也不像她，還是出聲對岡島說：

「喂，妳想做的話，說一聲不就好了？」

「你、你在說什麼啊？我一點也不想做！」

由於實在看不下去，我才這麼開口。川崎聞言，激動得連椅子都發出「喀噠」一聲。嗯？沒錯，終於猜對了，正確答案是「川崎」！剛才是誰說「岡島」？未免相差太遠。

我好不容易想起她的正確名字，但是不論我說什麼，這傢伙打死也不會承認想幫忙做衣服。這時候，便得使出黑暗兵法。

「由比濱～」

「哇！等一下！」

川崎拚命拉我的衣袖，央求我不要再說下去，可惜那種反應只會喚醒我體內的小惡魔，最好還是別那麼做。

「什麼事？」

由比濱聽到我在叫她，把紅筆夾在耳朵上走過來。請問妳是賽馬場的大叔嗎？

「川崎說她想試試看。」

「什！啥！你、你在說什麼！那種東西太複雜了，我根本不會做！而且我沒有做過衣服……到時候一定會拖累大家……」

會說「沒有做過衣服」，代表她做過其他東西囉？

由比濱若有所思地打量川崎，川崎大概覺得不好意思，扭捏地縮起修長的身體。這時，由比濱的視線在一個地方停住。

「咦？那個髮圈是妳自己做的嗎？」

川崎點點頭。

「能不能讓我看一下？」

由比濱不等川崎說好，逕自拿下她頭上的髮圈，川崎原本綁起來的長髮跟著散開。

「哇……」由比濱看著手上的髮圈，同時發出讚嘆。那個縮成一團的髮圈看起來有點像內褲，讓我不小心興奮一下。

「姬菜，來看看這個。」

「來了～」

海老名迅速衝過來，滿懷好奇地看著川崎的髮圈。

「這是我……自己縫的……另外也有用機器縫的。」

川崎從背包的口袋拿出另一個髮圈。這個髮圈的形狀同樣有點像內褲。

「嗯～～縫製得很漂亮，配色也很可愛……妳會用手縫，也會用機器縫啊……真讚！川崎，就決定是妳了！服裝拜託妳囉～」

「咦？等一下！怎麼那麼隨便……」

被海老名這麼輕率地交付任務，重新綁起頭髮的川崎面露不安，有些不知如何是好。一旁的由比濱安撫她：

「不用擔心，姬菜不是隨隨便便決定的。妳不是也修改了自己的制服嗎？像是上衣就跟我們的不太一樣。我想她正是瞭解這一點，才會交給妳這份工作。」

……真不簡單，原來由比濱都有看在眼裡。

「啊，嗯……咦？」

川崎的大腦一下子轉不過來，傻愣愣地回應不知所云的內容。想必她是發現由比濱連那麼細微的地方都有注意到，因而又驚又喜。

「完全正確！妳知道怎麼把有限的資源發揮出最大的價值，又有相當的技術能力，所以我才認為可以交給妳。放心吧！到時候有什麼問題，我會負起責任！」

海老名拍拍胸脯，告訴川崎「交給我吧」。儘管這個人的個性如此，思路卻出乎意料地清晰，讓我不知該如何評價她。難道她平時是把精明的一面隱藏起來，刻意偽裝成一個腐女？

「那樣的話，我……願意。」

川崎羞紅臉頰，低著頭答應。海老名立刻用力抓住她的肩膀。

「嗯！萬事拜託了！啊，還有，『我』的連身服也麻煩修改一下，稍微加些汙痕弄髒一點，記得是永遠無法抹滅的汙痕……唔呵！」

說到這裡，海老名發出詭異的笑聲，精明的一面跟著煙消雲散。我果然還是搞不懂這個人……

服裝部分也開始進行後，班上同學們各自投入負責的工作，現在我是真的無事可做。

不過，我還有一份要務在身，亦即犧牲自己，擔任無人願意做的校慶執行委員一職。

我也去實行我的任務吧。

我正要走出教室時，由比濱注意到動靜，轉頭看看教室四周尋找相模，對她說：「小模，妳不用去執委會嗎？」

「咦？喔，那個沒關係。」

「可是……」

「嗯……還是說我在這裡幫不上什麼忙，反而會影響到你們？」

「不會啦，妳幫了我們不少忙。只是看妳好像很忙，我覺得還是不要給自己太大的壓力比較好。」

「不用擔心、不用擔心，那邊還有超可靠的雪之下同學～而且，填寫班級企劃申請表也是我的工作。」

我聽著她們兩人的對話，輕輕關上教室的大門。

一來到教室外，我便看到葉山走回來。

葉山拿著卸妝用紙在臉上抹來抹去，看來他剛才是去洗手間把臉擦乾淨。

「你要去執委會嗎？」

「……嗯。」

「啊，那我也跟你去。」

「……」

我用表情對他發出無聲的疑問：「你在說什麼傻話？為什麼要跟我去？好啦，其實你要去的話，我沒有意見，只是你可以不用跟我一起去。不對，正確說來是你根本不用去。你為什麼想要去執委會，理由先說出來聽聽看啊。」

葉山泛起微笑回答：

「我要去拿團體表演的申請單。」

「喔，原來如此。」

這個理由很有葉山的風格。他很清楚自己處在相當引人注目的地位。不用說，在這次的校慶活動中，他也會被要求處於那樣的位置，此刻的他正是要達成眾人的期望。

我不再多問什麼，葉山也沒有再說什麼，兩個人一起離開教室。我感覺到背後有一股熱切的視線，但應該只是自己多心。沒錯吧，海老名？

× × ×

我跟葉山離開教室，往會議室的方向移動。今天不是執行委員召開例會的日子，無奈我們記錄雜務組的成員有工作要忙，真教人難過。更加教人難過的是，我跟葉山走在一起。

「……」

「……」

一路上，我們沒有特別開口交談。

葉山可能是感受到我散發出「不要跟我說話」的氣息，於是順從我的意願，不跟我說話。我斜眼瞄一下葉山，他並不會顯得無聊或困擾，看起來跟平時沒有什麼兩樣，而且哼著歌，彷彿絲毫不在意旁邊還有我這個人。

那般從容的態度真不簡單，我可就沒有辦法像他那樣從容。

一想到自己跟葉山在一起，暑假時在千葉村集訓的回憶便自動湧現。某個活動結束後的夜晚，在一片漆黑的小木屋中，他說了一句非常冷淡的話。原來在葉山隼人心中，同樣存在那樣的情感——一想到這裡，我的背脊便竄過一陣寒意。

葉山本身並不恐怖，真正恐怖的，在於那樣完美、什麼事都做得很好、就任何人看來都認為是個好青年的人，竟然也抱持那種情感。

我們依舊默不作聲，一起走過走廊的轉角。

抵達會議室時，我看到有幾個人站在門口向內窺看，不知道裡面發生什麼事。雖然事件不是發生在會議室，而是發生在現場才對（註42）。

「發生什麼事嗎？」

葉山隨意開口詢問。門口的幾個女生原本愛理不理地轉過頭，不過一發現是葉山，態度馬上大轉變，緊張得支支吾吾，想辦法把現場情況解釋給葉山聽。我說，妳們是在臉紅個什麼啊？

女生們害羞地說明，不過照這個情況看來，勢必會花上不少時間。與其慢慢聽她們說明，自己直接進去看看可是快很多。

---

註42　出自電影版「大搜查線」青島俊作的台詞。

我把手放上門把，一旁的人隨即讓出空間。

然而，在打開會議室大門的那一刻，我立刻後悔，早知道應該聽從多數人的意見才對。

會議室內瀰漫著山雨欲來的緊繃感。

幾個人挨到會議室的一角，形成圍觀的人群。

出現在會議室中央的，總共有三個人。

一個是雪之下雪乃，一個是城迴巡，另外一個是雪之下陽乃。

雪之下跟陽乃相隔三步的距離互相對峙，巡學姐則躲在陽乃的背後不知所措。

「姐姐，妳來這裡做什麼？」

雪之下用嚴峻的口吻質問陽乃。

「討厭啦～我是聽說你們在徵求有志表演的團體，所以才過來的。我可是待過管弦樂社的OG喔！」

OG……這個字眼讓我聯想到機戰的某一系列，但是應該不太對；我另外還想到澳洲產的肉，不過這個肯定不對。印象中OG代表的其實是……Old Girl？喂，不要再說平塚老師的壞話啦（註43）！

---

註43 這裡的OG（Old Girl）是指女校友。「超級機器人大戰」遊戲中，有一系列名為「ORIGINAL GENERATION」；另外，OG的日文發音同「Aussie」，代表「澳洲的」之意。

這時，巡學姐插嘴打圓場。

「不、不好意思，其實陽乃學姐是我找來的。我們之前偶然在路上遇到，因為很久沒見面，聊了許多話題。剛好現在校慶碰到表演團體不足的問題，我想……」

全世界就屬雪之下陽乃不可能跟人「偶然」遇到。會讓人真的那樣認為，正是她可怕的地方。

「雪之下同學當時還沒入學，所以可能不知道。不過，陽乃學姐還是三年級學生時，曾經組了一個團體在校慶上表演，那一場表演非常精采。所以我才想……要不要請她來……」

巡學姐帶著顧慮的眼神看向雪之下，問她「妳覺得如何」。

「當時我也在場，所以知道那次校慶的表演。不過……」

雪之下緊咬牙，視線垂落地面，不跟擔憂的巡學姐對上視線，現場因此陷入短暫的沉默。

這時，陽乃不好意思的笑聲打破沉默。

「啊哈哈！巡，不能那樣說啦！那次只是玩玩而已，今年我打算認真一點，不知道學校肯不肯讓我常常來練習……所以雪乃，好不好嘛～反正你們正好缺表演團體啊～」

陽乃像是還覺得不夠似的，抱住雪之下的肩膀繼續央求。

「為了可愛的妹妹雪乃，只要是我做得到的事情，我都願意為妳做喔！」

「不要開玩笑……姐姐每次都……」

雪之下揮開陽乃的手，拉開一步距離瞪著她。

「我？我都怎樣？」

陽乃正面承受雪之下的視線，絲毫沒有移開。她嘴角泛起的微笑明明很可愛，但是看著看著，我的雙腿卻不知為何開始顫抖。

「……妳又來這套。」

雪之下憤恨地緊咬嘴唇，別開眼睛看向我。

「……」

結果，我們兩人不約而同地垂下視線，說不定還盯著同一塊地板。

「哎呀，是比企谷。嘻～哈囉～」

陽乃發現我的存在，便用異常開朗、完全不適合現場氣氛的聲音對我打招呼。

那是什麼招呼用語？現在是世紀末（註44）嗎？

「陽乃姐……」

晚幾步進入會議室的葉山站到我旁邊。

「嗨，隼人。」

陽乃簡單舉手致意，葉山也輕輕點頭。

「有什麼事嗎？」

---

註44 陽乃的招呼用語原文為「ひゃっはろー」。「ひゃっはー」是《北斗神拳》內使用的笑聲。

「我想報名表演團體，在校慶上演奏管弦樂。而且把畢業校友找回來，感覺滿有趣的。不覺得那樣很快樂嗎？」

「妳還是老樣子，想到什麼就做什麼……」葉山的語氣中帶著無奈。

我知道他跟陽乃很久以前便認識，但是，現在他們兩人的互動有些不自然，或許是和說話語氣有關。

這麼說來，連敬語都省了嗎……

我來回看著葉山和陽乃，陽乃注意到我的視線，立刻露出大大的笑容。

「嗯？喔～我跟隼人認識很久了，他就像是我的弟弟。你也可以這樣對我說話喔！還是你希望我叫你『八幡』？」

「啊哈哈……」

我用乾笑表示拒絕。不管怎樣，我都不希望陽乃那樣稱呼我。可以直呼我「八幡」的人，除了父母之外，只有戶塚而已。

陽乃大概覺得玩笑開得差不多了，改為看向雪之下。

「那麼，雪乃，我可以報名參加吧？」

「妳高興報名就去報名啊……何況，我沒有決定權。」

「咦？真的嗎？我以為主任委員一定是妳，周圍的人沒有推舉妳擔任嗎？」

雪之下當然曾被推舉，而且正是因為她是陽乃的妹妹。

陽乃輕輕笑一下，如同看透整件事的經過，雪之下則把視線移向其他地方。

「不然，誰是主任委員？巡已經是三年級，所以不可能……難道是比企谷？」

這個玩笑不怎麼有趣。我聳聳肩，藉此告訴她答案。

在一陣詭異的緊張氣氛中，會議室的大門忽然應聲敞開。

「不好意思～剛剛在忙班上的活動，所以晚到了～」

打開門的人是相模南。儘管她嘴上那麼說，卻完全沒有愧疚的樣子。

不過，今天本來便沒有例會，而且目前的工作進度超前，鬆懈下來也是可以理解的。

「陽乃學姐，這一位就是主任委員。」

巡學姐介紹之後，陽乃立刻看向相模，開始打量對方。

又是那種眼神——估量一個人的價值，讓對方冷到骨子裡的魔眼。

「……啊，我是相模南。」

相模震懾於陽乃的眼神，說話聲小得如同蚊子在叫。

「喔……」

陽乃明明對她沒有多大興趣，還是小小嘆一口氣，上前一步。

「校慶執委的主任委員遲到啊？而且是因為班上的活動？喔……」

她的聲音既低沉又充滿威嚴，如同從丹田發出，相當嚇人。由她口中說出的每一個字，都滲透到相模體內。直到前一刻還那麼活潑開朗的人，下一刻瞬間換上冰冷的表情，更顯現出她的壞心。陽乃比雪之下恐怖的地方，正是不同態度間的落差；更重要的一點，在於完全不掩飾、外顯出來的黑暗情感。

只要順從我，我便跟你維持友好關係；要是對我兵刃相向，我會毫不留情地予以痛擊——陽乃直接用態度傳達這項事實。

「那、那是……」

相模拚命思考要如何辯解，這時，陽乃又倏地露出笑容。

「主任委員果然要這樣才行！坐上這個位置的人啊，都是最懂得如何享受校慶的人！真不錯、真不錯！哎，妳剛剛說自己叫『相』什麼？相親？算了，隨便，反正妳是主委學妹沒錯吧？」

「非、非常感謝學姐的稱讚……」

陽乃捉摸不定的表情讓相模心生疑惑，但她依然配合對方堆起笑容。

這或許是相模擔任主任委員後，第一次受到肯定，她興奮得臉頰泛紅。陽乃繼續說下去：

「對了，我有一件事想拜託主委學妹。其實啊，我想參加校慶的表演活動，可是我找雪乃討論，她卻遲遲不肯點頭。我是不是不討她的歡心呢……」

陽乃還故意擤一下鼻子，擺出教人看了不忍的態度。那模樣固然是經過一番算計，不過因為還滿可愛的，我實在沒辦法太苛責她。

「咦……」

相模看向雪之下。

雪之下不改賭氣的表情，絲毫不看相模一眼。

「……可以啊，反正目前表演團體不夠，如果有畢業校友回來參加，也有助於提升那個什麼……跟地方的連結？」

相模只是把先前某人說過的話拿出來現學現賣，她卻說得好像是自己想到的。

「耶～～謝謝妳！」

陽乃故意用力抱一下相模，放開她之後，又望向遠方喃喃說道：

「嗯，畢業之後還能回到母校的感覺真棒。下次要跟朋友炫耀一下，他們一定羨慕得要命！」

「真的嗎？」

「嗯，包括我在內，大家總會在突然間有種想回母校看看的衝動……」

相模聽陽乃這樣說，短暫地思考一會兒。

然而，葉山跟雪之下彷彿死心似地短短嘆一口氣。

相模完全沒察覺到他們的反應，雙手一拍，向陽乃提議：

「這樣啊……那麼，陽乃學姐可以邀請朋友一起參加喔！」

「啊，好主意！我立刻跟他們聯絡。」

「請便請便～」

相模剛說完，陽乃便興奮地迅速拿起手機撥打電話。雪之下連忙阻止相模。

「相模同學，等一下——」

然而，相模只是一派輕鬆地告訴她：

「這樣不是很好嗎？我們正缺表演團體，而且跟地方上的連結也算是達成了。」

儘管她一副得意洋洋的樣子，但不知道她是否注意到，自己提出這個提議，其實是陽乃在暗中引導的結果。

「再說，雖然我不知道妳跟姐姐之間有什麼問題，但這兩件事情並不相關。」

「……」

不論是誰，只要稍微觀察雪之下跟陽乃的互動，即會瞭解她們處得不好。相模看出這一點、說出這樣的話，讓雪之下為之語塞。

相模第一次覺得自己勝過雪之下，露出炫耀般的笑容。

「果然會變成這樣……」

葉山這句話，如同暗示他已理解一切。我多少有些在意，默默看向葉山，要求他說明清楚，但他不知是不是故意的，不再多說什麼。

「那麼，我拿了申請單就回去。」

他說完後，離開會議室。

現場非校慶執行委員的人，只剩下雪之下陽乃一位。

陽乃打完電話，拿到表演團體申請單後，繼續跟巡學姐、相模與她的朋友討論。

陽乃待在這裡並沒有特別妨礙到我們，但由於她本身即為相當醒目的存在，一舉一動都會吸引眾人目光，弄得大家心神不寧。

在這之中，唯有雪之下鐵了心，說什麼都不肯看她一眼。

相模那群人忽然爆出一陣歡呼，我轉過頭去，看見相模跟她的朋友聊得正高興，巡學姐和藹地在一旁點頭。

陽乃看我一眼，起身走過來。

她刻意挑選我隔壁的座位。

「少年，有好好工作嗎？」

「……嗯，有啊。」

「不過，有點意外呢。我以為你不可能參加這種工作。」

「是啊，我自己也這麼認為。」

「嗯……原來是小靜搞的鬼。」

陽乃理解似地點頭。不過跟我比起來，在場的另一個人應該更讓她感到意外。

「真要說意外的話，令妹不是更讓人意外嗎？」

「是嗎？我一開始便知道她會參加喔。」

我不懂這句話的意思，露出疑惑的表情。陽乃凝視著我的臉，補充說明。

「你想想看，她現在待在社團裡，也覺得很尷尬，而且我這個姐姐擔任過主任委員。光是這些理由，已能充分說明她會參加。」

雖然她的語氣中隱約帶有嘲笑的意味，但我還是一一思考每個理由。目前侍奉社內的氣氛絕對稱不上好沒錯，但最重要的還是陽乃這個人。我好像多少可以體會，這個人對雪之下來說究竟是什麼樣的存在。

「雖然前者看起來不是很順利啊。」

陽乃如同看著某種有趣的景象，輕笑一下補充說道。

這對姐妹的關係，比我從旁觀察所想像的還要複雜。

不論是兄弟還是姐妹，難免會受人比較，被評定孰優孰劣的情況也所在多有。我好歹有一個妹妹，不過哥哥跟妹妹畢竟在性別上不同，抑或是我們在成長過程中互相彌補了彼此的不足，沒有什麼被比較的感覺。

但如果是雪之下姐妹，她們像雙胞胎一樣相似。

姐姐優秀的程度異於常人。

妹妹優秀的程度不在姐姐之下，然而，至今仍無法超越姐姐。

如果其中某個人駑鈍一些，或許會鬧彆扭，但性格可能不會那麼乖辟。雪之下一而再、再而三地挑戰姐姐的幻影，她似乎有辦法戰勝，但始終戰勝不了。逃避陽乃立下的成就不去面對，明明可以輕鬆許多，但是她的自尊心，或是自尊心之外的某種強烈情感，不容許她這麼做。

思考到這裡、理解這些事情之後，我開始覺得，陽乃是不是打算以不同的互動方式，為妹妹做些什麼。

「請問……您到底在打算什麼？」

我直截了當地說出自己的疑問。

陽乃最可怕的地方，莫過於猜不透她在想什麼。自己說這種話固然奇怪，但是，憑著我長期從消極層面對人類的觀察，依然沒有辦法理解陽乃這個人。

「我要怎麼說，你才會相信？」

「……」

我不會相信。陽乃的形象早已深植我的腦海，不管她說出多麼深遠的理由，或是多遠大的理想，我都無法認真看待。

此刻的她，想必很清楚我保持沉默的意義。

「那麼，就請不要過問。」

這句話說得冷淡，沒有任何矯揉造作。這說不定才是陽乃真正的冷淡。

接著，她不再說話。

陽乃總是給人強烈的開朗形象，一旦像這樣安靜下來，倒也變得很像雪之下。

她閉上嘴巴後，周遭的聲音立刻大起來，我因此得以聽見大家的說話聲。

相模那裡特別熱鬧，那群人一會兒交談，一會兒發出嘻笑聲。

正在興頭上的相模，拉大嗓門對所有人說：

「各位，可以借我一點時間嗎？」

所有人聽到這句話，暫時停止交談。

相模從座位站起身，環視室內，稍微清一下喉嚨做好準備後，略顯緊張地宣布：「我稍微想一下……我們是校慶的執行委員，所以更應該好好享受活動。如果連我們自己都不玩得高興一些，不可能有辦法讓參加的人玩得高興……」

總覺得這句話很耳熟……

「如果要享受校慶的最大樂趣，便要兼顧班上的活動。既然目前我們的工作進展很順利，要不要稍微放慢一點進度？」

相模如此提議，所有人開始思考。以目前的情況來說，進度的確掌握得還不錯。能有這樣的成效，要歸功於雪之下逐一點出問題，並且通通擊破。

不過，雪之下反對這項提議。

「相模同學，妳那樣想不太正確。現在是為了預留緩衝時間，才提前進度——」

這時，另一個明亮的聲音大剌剌地打斷她的話。

「哎呀～學妹說得真不錯～我當主委的那一次校慶，大家也很積極地幫忙班級活動呢～」

陽乃似乎純粹在懷想當年情景，雪之下朝她投以責備的眼神。不過，相模聽到陽乃這麼說，更是吃下一顆定心丸。

「沒錯吧？還有前例可循呢……那一次校慶應該辦得很精采吧？」

相模用詢問的方式確認，但雪之下不願回答，於是相模解讀為肯定，繼續說下去。

「好的地方應該延續，這就是學習前人的智慧對吧～所以我們也不該夾帶私情，應該多為大家著想。」

巡學姐聽著這段對話，臉上浮現複雜的表情。

其他執行委員面面相覷，最後還是接受相模的提議，發出零零落落的鼓掌聲。

看來這項提議通過了。

於是，相模南的歸農令（註45）——不對，是歸班令正式生效。

既然大多數人都同意這樣的結果，單憑雪之下一人再怎麼反對，也改變不了什麼。相模心滿意足地露出微笑，雪之下則是板著冷峻的表情回去工作。

以相模的立場來說，身為校慶執行委員會的主任委員，終於做了一件像樣的事。

「她說的真不錯～比企谷，你說是不是？」

一旁的陽乃對我問道。

——她這麼做，想必是有什麼打算。

我自己也很清楚，凡事都對陽乃抱持懷疑的態度並不好。

看來，我真的不太擅長應付這個人。

×　×　×

不消多久，整個委員會出現變化。

---

註45　江戶時代由松平定信於寬正年間推行的改革一環。幕府提供資金，獎勵由地方湧入江戶的農民回歸鄉村。

陽乃在會議室現身後的幾天，會議中開始出現零零星星的缺席情況。主任委員相模的歸班令正式生效後，產生的結果即為如此。

雖說有人缺席，但他們大都是晚到三十分鐘，或事先報備過，還不至於造成重大影響。

每個人平均負擔的工作微幅增加，不過大家輪流休息，倒也像是一種輪班模式。

但是，隨著參加表演的團體增加，媒體宣傳組要聯絡的地方跟著增加，預算也得重新計算，其他還有一堆繁重的工作，各個組別的負擔開始失衡。

衛生保健組跟記錄雜務組的工作，主要集中在校慶期間，因此少掉幾個人手還沒有關係。

可是，人員協調、媒體宣傳、會計審查等組別，已經拉起人手不足的警報。

這三組缺少的人手，結果由執行部門暫時支援。

負責支援的主要戰力，自然是學生會幹部和雪之下。

有雪之下幫忙，無疑是一大助力，但是工作仍日漸堆積，遲遲無法消化。

我自己也因為負責記錄雜務，突然多出不少雜務性質的工作。真奇怪，之前明明聽說這組的工作量很少……

「嗯……可以幫一下忙嗎？」

記錄雜務組的組長找上我。

每次聽到別人問「可以幫一下忙嗎」，我都強烈覺得那個忙不可能只需要「一下子」，腦中的警鈴本能地響起。

但是不用擔心，我早已設想過被交派額外工作的情況，事先擬定好完善的應對方式。我稱這個方式為「面對額外交派的工作時，把工作量減到最低限度的四大策略」。

「不好意思，可以幫忙一下嗎？」

策略1：在對方指名道姓前，一律當做耳邊風。

「你有沒有聽到？」

結果對方直接拍拍我的肩膀。嘖，計畫失敗！

「啊，是在叫我嗎？嗚嘻。」

「想請你幫忙一下這個工作。」

策略2：面對任何要求時，先擺臉色給對方看再說。

不過這位組長的心臟也很強，同樣擺出臉色給我看。

「……交給你了。」

想不到他的臉色更難看，結果反而是我屈居下風。可惡，連這招都行不通！既然如此，進入下一個策略！

「……唉……唉唉唉……」

策略3：工作的時候，不時唉聲嘆氣。

這一招能使對方極度反感，往後再也不會交付任何工作給我。不僅如此，對方甚至會亮出傳家寶刀，直接告訴我「不想做的話可以回去」。

事實上，這個方法曾經奏效過。之前我打工時正是這麼做，結果真的頭也不回地離開，從此辭職不幹。

可惜這一位組長完全不以為意，還推了推眼鏡問我：

「好了嗎？」

怎麼可能在這麼短的時間內做好……我如果那麼厲害，還會在這裡任你使喚嗎？

不得已之下，我只好搬出最後一招。

策略4：故意喀噠喀噠地用力敲打鍵盤，吵到對方抱怨「這傢伙怎麼不趕快滾蛋」。

學生會出借好幾台電腦，供校慶執行委員會使用。多虧如此，文書工作的效率得以大幅提升，我也可以透過敲擊鍵盤宣洩自己的不滿。

喀噠喀噠喀噠……咚（Enter）！

怎麼樣？我都已表明不想工作到這個地步，你還狠得下心給我更多工作嗎？

「辛苦了，我先走啦。你做完這些也可以回去。如果有什麼不懂的，就去問執行部門。」

「瞭，苦了。」（翻譯：啊，我瞭解，你也辛苦了！）

哼哼，他果然不會再丟更多東西過來，我成功把工作量減到最小啦！

我得意洋洋地看著桌上這堆工作……唔喔喔喔喔喔喔！組長，你未免丟太多工作給我吧！

而且，我很明顯只帶給他壞印象，在他的心目中，我不過是一個態度惡劣的傢伙。剛才他說「做完這些便可以回去」，換句話說，不就是「做完之前休想給我回去」嗎？不要啊～～

上班族真命苦，遠遠超出我的預期……

更慘的是，大家都誤會記錄雜務組的「雜務」之意，即使是不屬於我們的工作，照樣往這裡推過來。

「那個，你是……記錄雜務組的對吧？這些可不可以幫忙一下？」

「喔，不過這些是——」

「校慶是屬於大家的活動，工作也一樣！所以我們要互相幫忙才對！」

竟然一副理所當然的樣子跟我闡述大道理……

喂，影印海報絕不可能是我的工作吧？而且要互相幫忙的話，妳又要怎麼幫忙我？

不過，既然是學姐提出的要求，我自然沒有辦法拒絕。我從來沒有這麼恨過沉睡在自己體內，屬於全體日本人的本性——年功序列（註46）。

註46 日本傳統企業文化，依照年資和職位訂定薪水，藉以鼓勵員工長期於同一間公司服務，但也導致「年紀越大的人越有分量」的惡習。

其他還有人連看都不看我一眼，直接高高舉起茶杯。

「茶。」

「是……」

為什麼是我……你是不是覺得，對位居底層的人講話大可口無遮攔？或許你不小心忘記了，不過位居底層的人，其實也是人喔。

喂喂喂，我如果抱持這種心態繼續工作，搞不好會變成了不起的員工。奮鬥吧！社畜（註47）！

糟糕……早知如此，我應該趕快請假消失才對。

每次遇到這種事，越是勤勞努力的人，反而越容易抽到下下籤。等待處理的工作在我面前堆成一座山，根本不是一天、兩天即可完成的分量。

我不禁發出嘆息。

幾乎在同一時間，某人也深深嘆一口氣。

我抬起頭，看見雪之下緊閉雙眼按著太陽穴，一副頭痛的樣子。

讓她頭痛的原因，其實近在眼前。

雪之下陽乃正坐在她隔壁，一邊轉著筆一邊愉快地和巡學姐聊天。

陽乃找來一群畢業校友組團，準備在校慶上表演，她也用練習為由，三不五時

---

註47　改自夏海公司的作品《奮鬥吧！系統工程師》。「社畜」是日本公司員工自嘲用的詞彙，將自己劣化為公司豢養的牲畜，暗指不再有自我意志。

出現在我們學校，順便來校慶執委會這裡露個臉，儼然已把這裡當成自己的地盤。
不僅如此，她還完全融入這裡的環境。
「比企谷，我也要茶～」
「那個……我想『記錄雜務』的『雜務』，並不是打雜的意思吧……」
我沒什麼自信，句尾的語氣越來越軟弱。而且，我在說這句話的同時，兩隻手已準備倒茶，我真為自己的社畜性格感到悲哀。
隨著小茶壺中的茶咕嘟咕嘟地注入杯子，雪之下輕輕放下原子筆。她的動作冷靜，也因此更顯現出魄力。
「姐姐，要妨礙工作的話，還是請妳回去。」
非常可惜，這一招僅適用於陽乃以外的人。她聽雪之下那樣說，完全沒有任何反應。如果雪之下是撲克牌中的A，陽乃便是鬼牌。
「不要那麼無情嘛，我幫忙就是了。」
「不需要，快點回去。」
很可惜，陽乃不理會雪之下的命令，兀自啜飲杯子裡的茶，順手拿起一張資料。
「嗯……我來幫一些忙，做為這杯茶的回禮吧。」
「啊！喂！妳怎麼自己──」
雪之下來不及阻止，陽乃便拿起計算機，喀噠喀噠地開始敲打，再用紅筆註記，完成後把那張紙扔給雪之下。

「喏，收支對不起來喔。」

「……我本來打算等一下自己檢查。」

雪之下不悅地瞇起眼睛，但還是乖乖接過那張紙。

「陽乃學姐，妳仍是跟以前一樣能幹呢。」

巡學姐面帶微笑看著雪之下姐妹，營造出一股暖流。連我在這裡，都感受到那股暖流，心頭跟著溫暖起來。

「沒什麼，我早已習慣這種工作。其他東西也趕快完成吧！」

陽乃這麼說，開始處理手邊的資料。

這一次，雪之下沒有特別阻止。

但她還是不太高興地緊抿嘴脣，板著一張臉，繼續手邊的工作。

# 5

## 溫和的城迴巡被耍得團團轉

什麼樣的東西是不管再怎麼做、再怎麼做，永遠也不會減少？

答案是「工作」。

我用空虛的眼神盯著螢幕，腦中構思出這一道謎題。

究竟是什麼時候開始，連會議記錄都變成我的工作？沒記錯的話，這應該是三年級那個不知道叫什麼名字的記錄雜務組組長要做的事情。

「記錄雜務組，上週的會議記錄還沒有交上來。」

一切的開端，就在副主任委員大人的這句話。

小組負責人呢？請假。代理負責人呢？同樣請假。再下一個，還是請假。然後再下一個，下一個……

結果便輪到我。

聽到自己被要求寫會議記錄時，我著實發出「嗚嘻」的笑聲。

誰會記得大家在上個星期的會議說過什麼？於是會議記錄當中，有一半是我自己編造的內容，另一半則是「全力處理中」、「進行狀態參照附件」、「視情況調整」、「準備多方彙整」這類語焉不詳、煞有介事的字句。沒關係，負責人會負責任的，負責人的用處即在於此。

隨便寫到一個段落時，我喝一口自己泡的茶。

今天的會議室格外安靜，所以工作效率相當不錯。

我環顧四周，算一下人數。跟我一樣坐在這裡工作的，連二十人都不到。其中有五人是學生會幹部，這代表由三十個班級各推派兩人組成的校慶執行委員會，其實有一半以上的成員不在場。

在這些人當中，最勤奮的便屬雪之下。今天陽乃沒來，她因此得以專心工作。

不知是否出於想要跟陽乃對抗，雪之下的工作量逐漸增加，工作時間也越來越長。

另外，這有可能純粹是工作量增加的緣故。

陽乃組成團體率先報名後，陸陸續續出現其他報名表演的團體，這樣一來，要協調安排的事情跟著大量累積。

在人手減少的情況下，工作理論上只會越積越多，不過在學生會幹部等執行部門的努力、雪之下高超的工作能力，以及不時來我們學校練習、順便到這裡幫忙的陽乃合作下，這堆工作神奇地漸漸被消化掉。

我稍事休息，順便看看其他同學的情況。在此同時，正好也有一個人抬起頭喘一口氣。

那個人是巡學姐。她跟我對上視線，開口要說些什麼。

「啊……嗯……」

巡學姐大概是要回憶起我的名字，但如果被她用溫和的語氣詢問「不好意思，請問你叫什麼名字」，未免太過悲哀，所以我決定主動開口。

「辛苦了。」

「嗯，你也辛苦了。」

巡學姐泛起微笑，笑容中顯露些許疲憊。由於每個人負擔的工作量不斷增加，這也是沒辦法的事。

「不覺得人越來越少嗎？」

「……是啊，大家好像都很忙碌。」

會議室空蕩蕩的，我甚至有種室內面積增加的錯覺。

「明、明天應該會比較多人。」

儘管她這麼說，我卻覺得不太可能。

接下來的人數恐怕只會越來越少。大家一旦發現缺席也沒關係，出席率便會持續加速下降。

有一種理論叫做「破窗效應」。

假設某條街道的建築物出現一片破裂的玻璃窗，要是持續放著不更換，代表眾人對此事漠不關心，漠不關心的風氣將導致道德淪喪、犯罪率攀升——這一連串的過程已成為定論。

歸根究柢，人是容易自我放縱的生物。

校慶執行委員會的成員，並不是每個人都想積極參與活動，其中肯定有像我這樣不情不願被推派出來參加的人。

雖然心不甘情不願地參加，但我們很清楚「周圍的人都有好好在工作」，良心的苛責發揮效用，因此還是會把事情做好。

可是，一旦這種共同認知，或是任何防止動力下降的強制力遭解除，這個團體自然會在轉眼間分崩離析。

跟尋找努力的理由比起來，尋找貪圖省事的理由顯然更容易。

任何人應該都能切身感受這個道理。不論念書、減肥或者從事任何事，真的想要偷懶的話，連天氣、氣溫、心情等雜七雜八的東西，都能當成理由。

現在已到了不得不採取行動的階段。

我想巡學姐也明白這一點。

可是，實際上該怎麼做？沒有人知道解決的辦法。何況，現在連主任委員自己都缺席，副主任委員又優秀到可以攬下缺席人員的工作，而且還行有餘力。

我跟巡學姐不發一語，默默喝著茶。

好好享受一段下午茶時間（可是從頭到尾沒有交談）、放鬆心情後，我意識到自己不能再繼續休息。

隨著校慶的腳步接近，校內氣氛逐漸熱絡起來，我們的工作量也越來越重。

咚、咚、咚——又有人來敲會議室的大門。

這麼說來，大家耳熟能詳的貝多芬第五號交響曲「命運」中，開頭那段最有名的「登登登登～」，據說正是命運敲門的聲音。如果命運真的會敲門，現在出現在門外的命運還真守規矩。

這時候出現敲門聲，八成是誰又要帶給我們更多工作。

換句話說，命運即為工作。

打定主意終生不工作的我，有如跟命運對抗的勇者。希望哪間遊戲公司可以把我的人生製作成電玩，而且是「奮勇抵抗工作命運的ＲＰＧ」，我想靠這套遊戲的版稅吃喝一輩子。

「請進。」

在場沒有人應門，巡學姐便自己出聲。

「打擾了。」

外面的人打一聲招呼後走進來。

敲開天堂大門者，乃葉山隼人也。

×　×　×

「我來繳交校慶表演的申請表……」

葉山找到雪之下，走向她說明來意。

「送交申請表在右邊裡面。」

雪之下沒有停下敲打鍵盤的手，直接回答葉山。那樣絕對是零分的服務態度，不過既然是雪之下，這也是無可奈何的事。葉山很明白雪之下的個性，乾脆地對她說一聲「謝謝」，直接前往雪之下說的方向。

交出申請表後，葉山的任務便已完成，但是不知為何，他仍然待在這裡不走，而且還往我接近。

「……人數是不是變少？」

是啊。

「嗯，有一點。」

「嗯……」

葉山撥了撥後髮際，不知在思考什麼。你是怎樣？嫌頭髮麻煩就剪掉啊。我反而因為他出現在旁邊而坐立不安……

「……你有什麼事？」

我再也忍不住而出聲詢問，葉山露出燦爛的笑容回答：

「沒什麼，我在等文件審核，順便看看有沒有遺漏的東西。」

這樣啊……那你為什麼要靠過來？

我前一秒還在納悶，下一秒立刻想起來，這些人的習性就是如此。基於某種不明原因，他們有事沒事都喜歡聚在一起，看到熟面孔更是一定要靠上前。只要想像成一群小狗，便覺得沒什麼大不了。

在這段期間，陸陸續續有其他人進入會議室。

除了有志在校慶上表演的人之外，班級和社團參展也得先通過申請手續。表演團體之間要進行諸多協調，另外還有器材方面的問題，這些歸人員協調組管轄；其他跟申請相關的事項是由執行部門負責，跟食物相關的事項則由衛生保健組負責審核認可。

距離申請截止日期已經不遠，今天上門的人數特別多，偏偏執委會在這個時間點缺人，每個申辦櫃檯前都亂哄哄地擠成一團。

其中也有人不知道自己該去哪一個櫃檯，一名貌似一年級的女生杵在原地不知所措，不得已之下，只好來這裡詢問……我旁邊的葉山。沒錯，葉山。

「請問……表演團體要……」

「如果要交團體表演的申請書，在那個櫃檯。」

葉山的應對流暢又自然，跟正牌校慶執行委員沒什麼兩樣。其他人似乎也誤以為葉山是執行委員，紛紛來找他問問題。這就對了、這就對了，通通去找葉山。

「我不知道怎麼填寫申請表，可以教我一下嗎？」

「可以啊，如果妳不嫌棄。」

等一下，那個女的是為了接近葉山，才特地來問問題吧？

葉山耐心地教她填寫申請表，後面跟著排起人龍。

「這個人交給你。」

「啊，喂！」

怎麼連我都被拉來幫忙……

被分到我這裡的女生，瞬間露出失望的表情。那樣我會很受傷耶。

我們兩人忙著應付一個接一個來詢問的學生，過一陣子，巡學姐也過來幫忙。費了好一番功夫，總算消化完這批申請人潮。

「不好意思，謝謝你！」

忙完一個段落後，巡學姐為葉山送上一杯茶……沒錯，葉山。

好吧，畢竟葉山並非校慶執行委員，但他確實幫了忙，所以我們應該有所感謝。只不過，我也幫忙了自己分外的工作啊……嗚嗚……

葉山向巡學姐道謝，喝一口茶後問道：

「你們這樣人手夠嗎？」

「整體情況我不清楚，不過在底層做牛做馬的，光是自己部門的工作就已快忙不完。」

「部門？」

「我屬於記錄雜務部門。」

「喔……」葉山聞言，立刻表示理解。「挺適合的……」

「……」

你想打架嗎？

現場情況其實已透露端倪。他了然於心，點一下頭。

「原來如此，看起來很辛苦呢。」

「……不，沒什麼。」

沒什麼問題——反過來說，「沒問題」本身即為一個問題。目前的工作幾乎都由雪之下包辦。她的辦事能力極強，副主任委員的職位又賦予她一定的權限，再加上她不需要忙社團和班級的事，因此有的是時間。即使整個執行委員會有一半的人請假，她照樣應付得來。

「不過就我看來，幾乎都是雪之下在做事。」

葉山轉過頭對雪之下說道。

雪之下先是維持沉默，但葉山仍用溫暖的眼神耐心等待，她最後終於忍不住，開口回答：

「……對，這樣比較有效率。」

「可是，差不多要到極限了。」

以葉山隼人來說，他難得把話說得這麼直白。巡學姐敏銳地察覺到氣氛有異，頭上開始冒出冷汗。

現場僅有鍵盤依舊故我，不帶感情地繼續喀噠作響。

「……」

嗯，葉山說的沒錯。關於這一點，雪之下也沒有反駁。

「最好趁還來得及的時候，讓其他人分擔一些工作。」

「是嗎？我不這麼認為。」

葉山聽到我開口，視線投射過來，等待我接下來的話。

「事實上，有許多事情交給雪之下一個人處理會比較快，這麼做有減少白做工的優點。基於信任而把工作交給別人，之後會變得很辛苦；若是雙方能力落差太大，更是容易如此。」

我們——至少就我個人而言，實在沒辦法出於信任，把工作交給某個人負責。

若是自己處理，即使進行得不順利，也只需責備自己。

我一點都不想責備他人。要憎恨他人的話，那股憎恨可是會沒完沒了。

這不是什麼溫柔或責任感。

如果是自己沒做好，還有辦法認命地死心；但如果是其他人接下工作卻沒做好，我沒有辦法乾脆地認命。

要是他那個時候這麼做、誰那個時候好好做的話——心懷這些念頭，只會使人生沉重又痛苦，鬱悶到最高點。

與其那麼痛苦，倒不如一個人攬下來。

一個人的後悔，了不起只是唉聲嘆氣。

葉山稍微瞇細雙眼，同情地輕嘆一口氣。

「……那樣能讓事情順利嗎？」

「啊？」

「如果事情能因此順利，那倒無妨。但目前處於空轉狀態是不爭的事實，要是再這樣下去，不久之後一定會垮掉。而且不要忘記，校慶活動只能成功，絕不容許失敗，所以現在是改變方法的時候了。」

「唔……」

這傢伙竟然說得頭頭是道，我完全被駁倒。是哪個有名的紅茶產地嗎（註48）？我不甘心地發出低吟，這時，旁邊突然有人小聲開口：

「……有道理。」

看來雪之下同樣被戳到痛處。不知道什麼時候，她敲打鍵盤的手停下來。然而，雪之下缺乏可以信賴的夥伴。如果由比濱剛好在這裡，那還另當別論。

「……所以，我來幫忙。」

葉山對她這麼說。

---

註48 此處原文的「完全」為「あっさり」，與紅茶產地阿薩姆「アッサム」僅差一個音。

「可是，讓校慶執委會以外的人幫忙——」

面對巡學姐的制止，葉山用笑容回應：

「不，我只是以校慶表演團體代表的身分，幫忙統整的工作而已。」

他這個提議頗吸引人。有志參加校慶表演的團體，不同於班級與社團這類有專門負責人、指揮系統一目瞭然的團體，每個表演團體的形態、演出內容可是相差十萬八千里，光是想到要一一跟他們妥善應對，便覺得麻煩得要命。

如果參加表演的團體願意主動協助，將能大大減輕人員協調組的工作，亦即雪之下目前的負擔。

再說，由表演團體主動管理協調，其實很合乎道理。

巡學姐猶豫半晌，最後抬起頭，露出不好意思的微笑。

「既然這樣……好啊。能找到幫忙的人手，我們也很高興。」

「如何？」

葉山再詢問雪之下。雪之下摸著下巴，稍微考慮一會兒。

「……」

「雪之下同學，依靠別人也是很重要的一環喔。」

巡學姐溫柔地告訴她。

不論是葉山還是巡學姐，他們說的完完全全沒有錯，那簡直棒極了，讓人不禁想流淚，可以說是美麗的同伴意識。

習慣受人幫助的人真好。

他們可以毫不猶豫地依靠到其他人身上。

同心協力，相互合作——這些聽起來是再美妙不過的事。

然而，我不會盲目地一味讚美這種行為。

試想看看，雖然眾人一起從事一件工作是很好、很美妙的事情，但是，這難道代表一個人自己做是不對的嗎？

靠自己的力量努力過來的人，為什麼非得遭到否定？

我不能接受這樣的事情。

「……依靠別人確實也很重要，但是就我所見，目前所有人都只想依靠別人。若要借助別人的力量是沒有關係，不過，在場也有傢伙一味把工作丟給別人。」

我的語氣帶有攻擊性，連自己都沒料想到。

巡學姐的臉色變得不太對勁，於是我決定開點小玩笑。嚇到心地這麼善良的美女，我也有一些罪惡感。

「具體說來，嗯……對啦，就是把工作推給我的那些人，我真不能原諒他們。現在處於非常時期，自己沒有辦法悠哉是不得已的……可是，我之外的其他人還那麼悠哉，可就無法原諒！」

「你很差勁耶！」

巡學姐大概察覺到我在開玩笑，重新露出開朗的表情。

「我也會幫你的忙。」

葉山同樣苦笑以對。

接著，雪之下嘆一口很短很短的氣。

「我的確也接下一些工作範圍以外的雜務……關於職責分配，我會重新好好考慮。而且城迴學姐的判斷有道理，我便心懷感謝地接受提議……不好意思。」

雪之下的視線始終沒有離開電腦螢幕。她最後是向誰道歉，我們無從得知。

儘管可以簡單想成她是對我感到不好意思，但是，我其實沒有特別幫她說話，自然沒有理由接受道歉。我純粹是無法原諒把工作推給別人，自己在旁邊悠哉納涼的傢伙罷了。

真正認真在做事的人反而受到連累，無論怎麼想都沒有道理。我無法坐視她弄得自己一身汙泥。

僅只如此。

更何況，我不但沒幫上任何忙，還造成新的麻煩，讓她得花精力重新分配職責。一個人再怎麼沒用，也該有個限度吧。

「那麼，多多指教。」

「明天我也會試著聯絡找得到的人。」

葉山對巡學姐露出笑容，巡學姐回應一聲「嗯」，大力點頭。

×　×　×

「總覺得……人又更少……」

經過一個星期，校慶執行委員會的出席人數更是少得可憐。我根本不需刻意計算人數，在場除了雪之下，只有執行部門跟其他寥寥幾人。

「唔……」巡學姐頭痛地沉吟。「我已經聯絡過大家了。早知道當初應該清楚地告訴相模，她的提案不可行……」

巡學姐一臉過意不去地說，她指的是相模所說「班級活動也很重要」這句話。

這時，雪之下停下整理文件的雙手。

「沒有任何問題。各部門提出的申請是由我審查與核可，在最後交給主任委員裁決之前，應能順利進行。」

不知是否因為重新分配職責的結果奏效，乍看之下，一切工作都處理得很順暢。

我曾經在某部漫畫還是動畫中，得知一項事實：在一整群螞蟻中，真正認真工作的只占兩成，另外有兩成完全不工作，至於剩下的六成，則是時而工作、時而不工作。

這個數據似乎也可以套用在人類身上。

簡單來說，大約有六成的人會視情況決定工作或不工作，以不影響到大家、極為表面的形式同時隸屬兩側。

從執行委員會目前的情況看來，認真工作的螞蟻在數量上略居下風。

其他人並不是明確表現出「不工作」的態度，而是現在的風氣是「不來工作也沒關係」。

只要是人類，跟多數人在一起便會感到安心。如果大家都是這樣做，那麼自己這樣做也沒關係——這樣的想法確實存在。

說穿了，即為現在的風氣並不是「待在執委會好好工作」。

至於我自己，則在不知不覺間，如同往常一般加入少數人這一方。事情演變到這個地步，我開始覺得一切都是上天註定的。

不過，在場依然有人認真工作。例如學生會的幹部，他們拿出學生會該有的團結和責任感，在處理原本分內工作的同時，也以執委會執行部門的身分忙碌著。

在學生會領導者——巡學姐的人望號召下，學生會全體幹部今天依然團結一心，賣力為和善又哪裡少根筋的會長工作。

巡學姐也盡自己的力量回應大家的心意，一一向執行部門和所有出席成員寒暄。

「雖然今天人也來得不太多，但還是有不少人出席，所以一定要好好努力。我很仰賴你的幫忙喔！」

「哈哈哈，不敢當不敢當……」

她同樣好好地對我打招呼。太好了……萬一巡學姐獨漏掉我一個人，我明天八成會不來。

我放下書包，確認今天有什麼工作。這段時間裡，我發揮愚公移山的精神，慢慢消化堆積如山的工作，現在已累積相當的進度。只要再努力一下，即可大功告成。

我繼續埋首於工作，突然，有人拍了拍我的肩膀。

回頭一看，原來是捧著好幾冊資料夾的葉山。

明明許多執委會的人都不來，他倒是經常來報到，積極幫忙執行委員會的工作。根據我的觀察，即使不是天天出現，但他一有時間便會過來幫忙。

葉山真是個好人！

「抱歉打擾你工作，跟你借個三十分鐘，幫我整理這些器材申請單。」

「喔，好……」

他不僅明確表示會占用多少時間，工作內容也交代得很清楚。這種交付工作的方式並不差，我沒有什麼好拒絕的理由。

這種人正是理想的上司類型。

而我現在順理成章地成為他的下屬。哇～好想去死算了～

我們不發一語地工作到一半時，會議室的大門突然敞開。在沒有多少人的室內，喀嚓聲響格外引人注意。

打開門的人是平塚老師，她在眾人的注目下揮手說道：

「雪之下，妳可以過來一下嗎？」

雪之下隔著桌上的螢幕探出頭。

「平塚老師……我現在有點抽不出身。可以的話，稍後我再過去找您。」

平塚老師聽了，短暫思考一會兒。

「嗯……其實不是什麼要妳另外跑一趟的事……」

她走入室內，輕輕站到雪之下旁邊。

「妳還沒有交文理科選擇的調查表。」

「不好意思，我現在有點忙不過來……」

雪之下不好意思地低下頭，原本敲打鍵盤的雙手靜靜放到大腿上。

「嗯……我明白校慶執委會很忙碌，但妳還是不要太勉強自己。」

「是。」

平塚老師見雪之下沒說多少話，嘴角泛起微笑，溫柔地勸告她：

「嗯……好吧，等校慶過後再交也不遲。反正妳是國際教養班，不會受換班級的影響，時間還來得及。而且現在只是簡單調查個人意願，妳不需要想得太複雜。」

她輕拍幾下雪之下的頭，然後揮手道別，離開會議室。雪之下不太高興地整理頭髮，同時目送老師離去。

雪之下那樣的人，竟然還沒交出文理科意願調查表，令我有點意外。這樣想的人不只我一個，葉山也帶著訝異的視線看向雪之下。

因此，此刻的我跟葉山都停下手邊的工作。

「我說……應該可以了吧？」

要是他默默埋首於工作，這點還難以啟齒，不過，現在工作臨時被打斷，便是最佳的黃金時機！我好想趕快從這份工作中解脫！

葉山聽到我的聲音，這才回過神，笑著對我說道：

「啊，抱歉，我們繼續吧。」

才不是這個意思……我要說的是「應該可以結束這個工作了吧」，怎麼可能說「應該可以繼續工作吧」……

葉山正面解讀我的語意，甚至露出笑容，我自然沒辦法告訴他「你會錯意」；更何況，現在距離當初說好的三十分鐘，還有一些時間……嗯，看來我是無法解脫了。

我將申請單上的內容輸入 Excel 表格，製作成清單。這時，在附近忙碌的巡學姐對雪之下問道：

「雪之下同學，妳要選擇文科還是理科？」

「我還沒有完全決定……」

「這樣啊……嗯，我可以體會妳的猶豫。我自己當時也猶豫過。那麼，妳擅長哪一邊的科目？理科嗎？」

「……不是那個原因。」

雖然雪之下不是在生氣，但她回應的語氣很冷淡，讓巡學姐一時不知該如何接話。這時，葉山再度停下手邊的工作，從電腦螢幕前抬起頭。

「雪之下，我記得妳對文科也很拿手。」

「啊，原來是這樣。」

他適時插話進去，讓巡學姐鬆一口氣。

……這麼說來，雖然我不是很清楚，不過雪之下對文科應該很拿手。

在全年級的國文科排名中，第三名是我，第二名是葉山，第一名是雪之下。我們穩穩坐在前三名的寶座上，如果一起選擇文科科系，說不定還會繼續稱霸前三名。再說，雪之下讀很多書，如果只從外表判斷，的確會讓人產生文科學生的印象。

「我要念的是文科。如果妳真的決定不了，歡迎隨時來問我喔！」

「是……謝謝學姐，我很感謝妳的好意。」

本來以為雪之下是要禮貌感謝對方的好意，結果是用非常委婉的方式謝絕。不過巡學姐沒察覺到這一點，繼續高興地說下去。

「嗯～啊，但是我對理科比較不瞭解，可能沒辦法回答妳，不過陽乃學姐選擇的是理科，妳可以問她。」

「……是啊。」

雪之下的臉蒙上一層陰影。

我想，要雪之下開口請教她姐姐，除非太陽從西邊升起。

原本便不太說話的雪之下，現在更是將嘴巴閉緊。她很明顯是要我們別再說下去，巡學姐自然而然也不再開口。

接下來，現場只有鍵盤繼續喀噠作響，以及我們整理資料的沙沙聲。兩種聲音摻雜起來之後，有如支離破碎的摩斯密碼。

寂靜的空間中，只要有人輕咳一聲，都格外引人注意。即使是單純清個喉嚨、確定聲音是否正常，我也會忍不住往發出聲音的方向看過去。

「……二年F班負責人，你還沒有交出班級企劃申請單。」

雪之下拿著資料，輕輕嘆一口氣。

都什麼時候了，還有傢伙沒交出申請單？真受不了，到底是誰……什麼，竟然就是我！都怪我對班級的歸屬感太薄弱，才把這件事忘得一乾二淨。

等等，印象中相模好像說過她會負責寫申請單……算了，最近她根本沒有來執委會，我也沒辦法問清楚。

「……抱歉，我會盡快完成。」

繼續在這裡等，相模也不見得真的會寫，乾脆由我隨便寫一下交差。

「好，請在今天之內交出來。」

我從雪之下的手中接過申請單，立刻開始動筆。

參與人數、負責人、登記名、需要器材、導師……喂喂喂，為什麼還得畫圖示意啊？這是在對美術只拿「2」的我下挑戰書嗎？

我繼續掃視其他必須填寫的欄位。

原來如此，我根本不會寫。

從過去到現在，不管班上舉辦何種活動，始終堅守立場絕不參加的我絕非浪得虛名。不用說是團體登記名，我連班上到底有多少人都說不出來。

但是不用擔心，這個男人的存在，正是為了這一刻。換句話說，在此之外的時刻，他大可不必登場。

「葉山，幫我看一下這張。」

葉山快速瀏覽申請單，思考一會兒後回答：

「抱歉，我也不是全都知道。」

「沒關係，剩下的部分我會隨便寫寫。」

「不行吧。」

「……我聽得很清楚喔。」

雪之下盯著電腦螢幕開口插話，葉山也苦笑一下。

「你回去看看班上還有誰在，直接問他們不是比較快嗎？」

「也對。」

於是，我帶著申請單離開會議室，走回自己的班級。

× × ×

校慶前夕，放學後的教室呈現一片兵荒馬亂。大家在這種時候發出的聲音分貝、參加人數，正好代表一個班級的充實程度。

若將男生和女生對話時，男生博得一次女生的笑聲定義為「1青春HIT（sH）」，眾人一起工作一個小時定義為「1青春小時（sH）」，兩者相乘後得出的數值為「青春主角度（sH）」，校慶中，各個班級將以「青春主角度」一較高下。話說回來，這幾個單位的簡寫全都一樣，真難區分（註49）。

從現場看來，二年F班的sH滿高的。大家決定在校慶上演戲，於是把桌子拼成舞台，一群演員聚集在角落練習，還有人窩在另一個角落縫製衣服。

「喂，你們男生認真一點啦！」

相模正對以大岡為首的幾個男生發火。

原來她一直賴在這個地方。

好吧，就算在執委會露面，她恐怕也幫不了什麼忙，所以我覺得無所謂。在一些情況下，能力上的落差是很殘酷的。

我不知道是否該提醒她一聲，記得自己在執委會還有工作。雖然心裡有這個念頭，但我如果真的說了，只會落得背地裡被她說壞話：「我竟然被那個叫做比企鵝的抱怨，真不舒服～感覺已經超出職權騷擾的程度，根本是性騷擾（笑），我要去告他（笑）。而且，他又不是我的老闆還是什麼人（笑），以為自己是誰啊（笑）……咦，所以他到底是誰？」我幾乎可以想見，自己的未來視（註50）能力將在不經意間

註49　s代表「青春（seishun）」，H分別代表HIT、Hours、Hero。

註50　典出《空之境界》，意指預測未來的能力。

覺醒，一場異能戰鬥即將引爆。

我環視教室的所有角落，沒有一個人穿著制服。

終於完成了嗎……令人膽寒的精神破壞兵器，其名為「班服」。

簡單說來，班服是各班為了校慶所製作的T恤。不過這樣的說明跟沒有說明一樣，乾脆拿掉算了。

班服這種東西，大概含有班上同學的團結度、友好度、炒熱校慶活動，以及用有形物體留下青春回憶等多層意義。

不知出於什麼原因，大家很喜歡在班服的背面印上所有人的暱稱。從我過去的經驗看來，這個現象非常明顯。

這次的班服也不例外，上面印滿大家的暱稱，只有我的最普通，直接用「比企谷同學（註51）」的本名上陣。暱稱通常是用平假名或片假名書寫，所以我這幾個漢字顯得特別突兀。不僅如此，比企谷同學的「同學」還用片假名標示，我可以由此感受到設計者為了讓我融入大家所付出的心血，甚至對他搞錯方向的友善感到不好意思。

儘管高一時，我為此受過一些創傷，不過現在儘管放馬過來吧！不管要用全名還是直接用漢字標示，我一點都不怕。哈哈哈，等校慶一結束，我立刻拿去當抹布。反正這種衣服的材質不是很好，當睡衣穿也不舒服。

註51　此處原文為「比企谷クン」。

我繼續在教室裡尋找由比濱的蹤影。

嗯……比濱小姐、比濱小姐……

忽然，某個麗人的倩影闖進我的視野。

那是一種中性、虛幻又充滿魅力的存在。

披在身上的大衣明顯過寬，袖子遠遠蓋到手腕之下，只剩一丁點手指露在外頭。原來是穿上「小王子」戲服的戶塚，他正在把過長的褲管往上捲，接著在摺起處別上別針做記號。

他杵在原地，找不到什麼事情好做，一看到我，便舉起稍微露出袖口的手輕輕揮舞。

「啊，八幡，你回來啦！」

「……我回來了。」

雖然非常羞愧，我還是活著回來了（註52）——我甚至忍不住對他行一個禮。如果戶塚願意用這句話迎接我，我願意天天回來。

「啊，對了。」

他突然想起什麼，跑向自己的書包翻找一陣，又帶著什麼東西快步跑回來。途中，他不小心踩到大衣的衣襬，整個人跌進我的胸膛——有那麼一瞬間，我真心期

註52 出自第二次世界大戰時期，軍人橫井庄一的名言。日本宣布無條件投降後，橫井庄一繼續在森林間躲藏長達二十八年才被發現送返回國。這是他抵達羽田機場時說的第一句話。

待這個插曲發生，可惜天不從人願。不論何時何地，現實永遠是這麼殘忍。

「這個，謝謝你。」

他遞給我一本書。

這是我前一陣子借他的文庫版《小王子》。由於自己早已翻過不知多少次，書皮邊緣有些磨損，內頁也出現髒汙。我多少反省一下，告誡自己下次不能把破破爛爛的東西借給別人。

「我在想，要怎麼答謝你……」

戶塚露出認真的神情，「嗯」的一聲用力點頭，抬起頭筆直看著我。

「八幡……你有沒有什麼喜歡的東西？」

——戶塚。

我差點脫口說出這個答案。老實說，我連「ㄏ」的音都不小心發出來。

「ㄏ……好像沒有什麼特別喜歡的。」

總之，我先想辦法蒙混過去。

「嗯……」戶塚盤起小小的雙手，開始動腦認真思考。

「這樣啊……那麼，有沒有什麼喜歡的食物或書？或是……點心之類的？想要的東西呢？」

——戶塚。

我又差點脫口說出這個答案。老實說，我連「ㄏㄨ」的音都不小心發出來。

「ㄏㄨ……忽然這樣問，我也不知道要回答什麼……真要說的話，我喜歡吃甜的東西。」

例如MAX咖啡、味噌花生、麥芽果凍、媽媽牧場賣的霜淇淋，還有荷蘭屋(註53)的花生派。

「甜的東西……好，下次我會帶一些請你吃！」

戶塚笑著對我這麼說完，有人招呼他過去，大概是準備好要縫褲管。戶塚回應後，轉頭對我說：「那麼，我先過去了。」

「慢走。」

我目送對自己揮手的戶塚離去……這種感覺真美妙，好想要每天早晨都像這樣送戶塚出門。可是不知為何，一想到要被戶塚包養，我便感到一陣揪心之痛，彷彿在告訴我那是不可能的。

再度剩下一個人後，我重新環視教室。

由於戶塚實在太可愛，我一不小心把原本回來班上的目的拋到腦後。

我找找看，比濱小姐在……

啊，找到了。

「由比濱。」

由比濱咬著不知去哪裡買來的冰棒，一手拿紙張，似乎在跟人討論什麼內容。

---

註53 創立於千葉的日式、西式點心專賣店。

她抬起頭，往我走過來。

「咦，你那邊的工作結束了嗎？」

「工作可以丟下不管，但可沒有做完的一天。」

「你在說什麼啊？」

她看著我的眼神，如同在看一個白痴。嘖，所以說這些可以舒舒服服工作的人啊……我本來打算好好告訴她社畜有多可怕、多悲哀，無奈現在沒有那種空閒時間，只好默默把對工作的憎恨收回內心深處，趕快把麻煩的事情辦完。

「總之，我還在工作。麻煩妳教我填一下這張申請單，今天一定得交出去。」

「這麼急？等一下，隼人同學是不是也在那裡？」

她口中的「那裡」，想必是指校慶執行委員會。

「是啊。」

「那我們過去弄吧，這裡吵得要命，而且我正準備集合大家來討論舞台效果。」

我們說到這裡時，背後傳來相模的聲音。

「啊，我也差不多得去執委會。各位，不好意思～我做完這些要先走了～」

× × ×

回到會議室後，由比濱開始告訴我班級企劃的內容。

需要器材、參與人數、如何使用分配到的預算……在實務層面之外，還有企劃目的、概要說明等抽象內容要填寫。雖然這些文字描述有辦法馬虎帶過，問題在於連物體結構都得畫出來，這個部分簡直麻煩到最高點。

「不是說不對嗎？我們的布置很豪華，你要像這～個樣子，畫得更誇張！」

「我無法理解……」

與其說畫圖很麻煩，其實是由比濱的說明太難理解。

為什麼她連說明都這麼隨意……我真的無法理解，完完全全無法理解。

「還有，你弄錯人數分配。」

「竟然被由比濱指正……太屈辱了……」

「你說什麼？不要廢話，趕快改！」

由比濱的指導相當嚴格，著實出乎我的意料。我老實地搖動筆桿，想辦法填好這份申請單。

認真的學生帶給執行部門激勵效果，巡學姐滿面笑容地工作，平時略顯緊繃的氣氛也緩和下來。

嘰——這時，一陣刺耳的聲音劃破這種氣氛。

「不好意思，我遲到了～啊，原來葉山你也在！」

相模帶著她那兩位要好的朋友進入會議室，相隔多日之後，今天總算想到要來露面。她發現葉山，正要走過去時，赫然發現路上擋著一位雪之下，因而嚇一跳。

雪之下以迅雷不及掩耳的速度將文件和印章交給相模。

「相模同學，請在這些文件上蓋章。這些文件我已全部審查完畢，理論上不會有問題。其中一些不夠周詳的地方，我也已經修改好了。」

「……真的嗎？謝謝！」

雪之下連寒暄都省略，劈頭第一句話便是工作。

相模見自己跟葉山聊天的機會被破壞，或是因為剛踏進會議室便被交代工作而不悅，臉上頓時失去表情。不過，她很快地重新堆起笑容，接過文件。

她絲毫不多瞧一眼文件上的內容，一個勁兒拿著印章猛蓋，雪之下則在旁邊確認，並且將蓋完章的文件裝入專用文件夾。這景象存在相當多問題，而且這些問題絕不是在最近兩、三天內才發生。

身為執委會內部成員的我，自然感覺得出來，那麼外部的人又是怎麼看？我瞥向由比濱，見她緊抿嘴脣、低垂視線，內心一定在想什麼。目前社團暫時停止活動，由比濱跟雪之下之間產生曖昧的距離，如今難得見面，卻看到雪之下跟相模是那樣互動，心理上絕不可能好受。

另一位不屬於執委會的人——葉山，又是如何？

他依然是老樣子，面帶微笑，甚至還開口搭話。

「辛苦了，妳之前一直待在班上？」

相模聽見葉山對自己說話，學白鼬裝可愛扭動身體，把臉轉過去。

「嗯，對啊。」

「喔……進行得怎麼樣？」

「進行得很順利喔～」

她這麼回答之後，葉山沉默幾秒不說話。這段空白時間使他的下一句話特別引人注意。

「啊，我不是指班上，而是執委會這裡。班上的音樂劇有優美子好好負責，她滿認真的喔。」

不知是有意還是無意，我察覺到葉山這句話隱約帶刺。如果他這麼說是出於有意，便代表話中有話。簡單翻譯出來，大意如下：「我看妳一直不好好做主任委員的工作，這樣真的沒問題嗎？」

然而，相模似乎聽不出話中的含意，仍用一貫的態度對答。

「喔……三浦啊，她這次跟平常不一樣，超有精神的～那樣該說是靠得住嗎？」

（翻譯：三浦那傢伙比平常聒噪一百倍，既厚臉皮又愛出鋒頭，看了就噁心！）

「哈哈哈，別這麼說。她幫了大家不少忙，不是很好嗎？那不是什麼壞事喔。」

（翻譯：識相的話，最好給我閉上嘴巴。）

奇怪，難道我吃了什麼奇怪的蒟蒻，不然怎麼聽得懂他們的話中之話……

我沒有特別仔細聽，但可能是相模表達的方式不好，導致我某種神祕的開關被打開。即使是葉山那樣的大好人，說出的話也讓人覺得別有用意。

正當我追著經由大腦解讀、投影在眼前景象上的字幕時，由比濱的雙手在我面前大力一拍：

「好啦，快一點，我還想趕快回去！」

「等一下，這本來就不是我的工作……」

印象中，相模不是說過她會寫申請單嗎？為什麼最後變成我寫？這到底是怎麼回事……完全搞不懂……搞不懂……科學小飛喵（註54）……

「……好吵。」

在場的人你一言、我一語，像一群麻雀吱吱喳喳，雪之下忍不住出聲抱怨。

我跟由比濱趕緊閉上嘴巴，但是再遠一點的相模似乎沒聽見，繼續跟葉山進行愉快的對話。

「哎呀～真希望我也變得跟三浦一樣，我很憧憬能夠帶領大家往前跑的人。」（翻譯：真恨不得把她做掉，取代她的位子！）

「妳有妳自己的優點，維持這樣不就好了？」（翻譯：不是跟妳說過識相的話，最好閉上嘴巴嗎？為了自己好，勸妳先秤秤看自己有幾兩重。）

「咦～可是，人家又沒有什麼優點～」（翻譯：哎呀，我當然是故意貶低自己的。葉山快點稱讚我！用力地稱讚我！）

註54　此處「完全搞不懂」的原文為「何が何だか」，發音與「科學小飛喵（ニャニがニャンだーニャンダーかめん）」相似。

「人各有不同嘛。就算妳自己覺得是缺點，看在其他人眼中，說不定會成為優點。」（翻譯：抱歉，我沒有跟妳熟到知道妳有什麼優點，所以先籠統地敷衍一下。）

從剛剛開始，西洋電影裡經常出現的超譯（註55）字幕，接連不斷地閃過我眼前，使我幾乎無法集中注意力。西洋電影果然只能看日文配音版本。

啪——我突然被闔上手機蓋的聲音打斷思緒。

「你怎麼又停下來？我已經拜託同學把討論延到晚上，所以現在可以好好在這裡專心。」

「距離放學只剩下二十分鐘……」

雪之下也抓準機會對我施壓。

「別這樣嘛，比企鵝沒有參與班上的表演，難免得多花一些時間。」

葉山看不下去，開口幫我說話。他真是一個好人！不過葉山啊，假如你一開始便簡單告訴我怎麼寫概要，就不會變成現在這樣。

話是這麼說，但這同樣屬於校慶執行委員的工作，所以是沒辦法的。要忍耐……要忍耐……

「我是執委會的主任委員，所以也有一些工作要麻煩你喔～」（翻譯：你這個最底層的社畜，給我好好工作！呸！）

---

註55　超越「意譯」，不惜犧牲譯文正確性，以讀者易讀、易瞭解為優先考量的翻譯手法，有時甚至大幅省略原文。

要忍耐……兩回合之後，我會加倍奉還（註56）。我可以忍耐這麼久，是不是很不簡單？

如此這般，我耗費好一番功夫，總算趕在放學之前瞎掰出一堆虛構的內容，把申請單填寫完畢。

「寫好了……」

「終於……」

由比濱跟著累癱了。

「抱歉啊，還讓妳來幫忙，謝啦。」

「咦？啊，不會不會，你難得來拜託我嘛。」

「的確，我自己也想不到會有這一天。」

「你到底有多瞧不起我？」

我無視由比濱的怒火，交出申請單。雪之下默默接下，確認張數無誤，看完內容後，豎起來在桌上輕敲幾下整理好。

「你們班的申請已完成，辛苦了。」

她不看我一眼，直接把申請單裝入保管核准申請單的文件夾裡。

「不用蓋章嗎？」

「……啊，我忘了。」

註56 指「神奇寶貝」中的忍耐技能。

雪之下簡短回應，再度拿出我的申請單。

沒什麼好大驚小怪，這不過是個細微的疏忽。

但是，也因為如此，更讓雪之下顯得非常不對勁。

「相模同學，請在這裡蓋章。」

相模中斷對話，接過文件。

「啊，好～對了，我把印章交給妳，妳直接蓋就行了。」

「相模同學，那樣不太好。」

巡學姐看不下去，出聲制止相模。不過，相模絲毫不覺得自己有哪裡不對。

「會嗎？可是這樣子不太有效率啊。重要的不是形式，而是內容才對吧～對了對了，所謂的『委任』不就是這樣嗎？」

光看那些堆疊起來的詞彙，會產生似乎很厲害的錯覺，可惜那完全是自我感覺良好的歪理。

儘管如此，以實際工作上的流程來看，與其慢慢等相模蓋章同意，直接交給雪之下負責的確更有效率。巡學姐也考慮到這一點，沉吟著說不出話。

「嗯……如果雪之下同學願意，是沒關係……」

她看一眼雪之下。雪之下本人不以為意，點頭表示接受。

「我沒有意見。那麼，之後便由我負責。」

雪之下接過印章，馬上在我們班的申請單上蓋章。

這時，放學的鐘聲正好響起，宣布今天的工作告一段落。

「好，今天到此為止。我負責關上門窗，你們可以先離開。放學時間的班級檢查工作由執行部門負責。」

巡學姐一下達指示，學生會幹部迅速各自散開。

既然校慶執行委員會要督促學生放學回家，自己當然要以身作則，遵守放學時間。

我快速收拾好書包，離開會議室。

通往大樓門口的路上，相模都在跟朋友談笑，並且順勢開口問我們：

「啊，晚一點大家一起去吃飯吧。如何？」

這傢伙嘴上這麼說，眼睛卻只看葉山一個人……

葉山跟由比濱的視線開始飄移，他們在觀察大家的動向。由比濱看向雪之下，雪之下察覺到她的視線，淡然回答：

「我還有工作要做。」

我想她是真的有工作要忙，不是單純為了拒絕而編造藉口。

何況，相模將權限委任給她，她接下來勢必得處理更多決策事宜，這也代表她的責任和工作會更加沉重。

「喔～這樣啊。好吧，真是可惜～」（翻譯：沒差，反正我一開始就不打算邀請妳。）

奇怪，我好像忘記關閉字幕，結果又把相模話中的含意透視得一清二楚。不要小看邪眼的力量啊（註57）……

雪之下說完後，我跟著拒絕。

「我要回家。」

「嗯，我知道了。」（翻譯：你也想參加？門都沒有！）

明知道沒有被邀請，仍會大大方方地拒絕，正是我的厲害之處。

試想，要是最後剩下我一個人沒表態，對方不得已之下，只好勉強說：「啊，呃……那、那你呢？你真的不用勉強自己來喔。」這樣一來，不論是誰都不會好受。

話說回來，工作好不容易告一段落，為什麼還得繼續跟同一夥人在一起？

相模真正要問的，才不是我或雪之下，而是另外兩個人。

由比濱的心中已有答案，委婉地開口：

「我、我今天不太方便，等一下還要跟大家討論音樂劇。」

「咦～結衣不去嗎？拜託～去啦～」（翻譯：喂喂喂，妳不去的話，葉山也不會去耶！搞清楚好不好？）

哎呀，這次的反應真不一樣，未免太露骨，露骨得連X光都可以免了。

「對喔，晚上還要討論音樂劇，我也要參加。」（翻譯：讓我搭個順風車吧。）

葉山抓準機會，乾脆地順應由比濱的話，拒絕相模。

---

註57 出自《幽遊白書》中飛影的台詞。邪眼具有遠距離透視能力。

最後，相模老大不高興地收回提議。

「嗯～大家都有其他安排啊～那只好下次囉。」（翻譯：葉山不來的話，那就算了～）

讀出別人的話中之話不是什麼愉快的事，但我看來就是如此，因此無可奈何。我的性格惡劣到如此地步，也可以算得上是「微・特殊能力」。

直到抵達門口、和大家道別前，我始終沒有關閉相模的字幕。

那群女生似乎打算跟葉山同行一段路，離開大樓後，他們的對話仍然持續下去。

我套上鞋子，跟在他們之後走出大樓。

夕陽已經西沉好一段時間，天空渲染上大片的黑暗夜色。

「再見。」

雪之下簡短道別，匆匆離去。

她肩頭的書包裡塞滿要帶回家處理的文件，看起來非常沉重，但她還是重新把書包背好。

「那麼，明天見。」

由比濱輕拍一下我的肩膀，快步跑出去。我記得由比濱待會兒要跟班上同學討論音樂劇的事，看來她也滿辛苦的。

我走向人影稀稀落落的腳踏車停放處，牽出自己的腳踏車騎上去。

此刻的街燈格外刺眼。

我今天一定用眼過度，看那麼多字幕可是很累人的。

正當我胡思亂想時，腦中又冒出另一個奇怪的想法。

這麼說來，也有一些人說話時，不會出現那些超譯字幕。

## 雪之下陽乃
haruno yukinoshita

**生日**
7月7日

**專長**
煮飯洗衣打掃等各種家事、
合氣道。

**興趣**
閱讀、騎馬。

**假日活動**
漫無目的地旅行。

## 城迴巡
meguri shiromeguri

**生日**
1月21日

**專長**
演奏樂器、睡午覺。

**興趣**
睡午覺。

**假日活動**
準備升學考試、睡午覺。

# 6 一反往常，由比濱結衣動了怒氣

再怎麼工作、再怎麼工作，也不會變得輕鬆的東西，請問是什麼？

答案是：我的生活。

連石川啄木（註58）都說出這樣的話，凡人如我更是不在話下。於是，我逐漸放慢正在工作的雙手，用死魚眼盯著猛瞧，最後終於停止動作，我的心也越來越痛苦。這是哪門子的通貨緊縮螺旋（註59）？

究竟是哪個環節出問題，現在我才會忙成這樣？為了解開這個神祕謎團，我抬起頭環視四周。

註58 明治時代詩人、歌人、評論家。此句出自他的歌集《一握之砂》，原文語意：「再怎麼工作，再怎麼工作，生活仍然不見好轉。我只能盯著自己的雙手。」

註59 Deflationary Spiral，意指物價下跌，導致企業營業額降低、獲利減少，因而採取裁員手段引發失業問題，這使個人消費減少，又導致物價下跌的惡性循環。

嗯，第一個原因在於人手嚴重不足。

執行部門為各方湧入的事忙得焦頭爛額，不巧今天陽乃又沒有過來幫忙。葉山已經接下跟表演團體相關的業務，為執委會減輕負擔，不過，連他那樣的人也露出疲態，總是掛在臉上的笑容顯得僵硬。

其實到了最近，這樣的人數也開始能應付工作。

今天特別不同於往常，是因為雪之下沒有出現。她平常總是最早來到會議室，而且最晚結束工作離開會議室。

但是，她今天沒有出現。

「你知道今天雪之下同學怎麼了嗎？」

「我不知道……」

巡學姐問我，我答不出所以然。不光是我，整個執行委員會恐怕都不知道答案。

這時，會議室大門「嘰」的一聲開啟。不先敲門便直接走進來，是平塚老師怎麼樣也改不掉的壞習慣。

「比企谷。」

「是。」

我應聲後，平塚老師帶著不尋常的表情走過來。

「今天雪之下身體不舒服，所以休息一天。她已經跟學校請假，不過好像沒有通知執委會……」

老師完全說中了。

雪之下從來不會主動聯絡任何人。

話說回來，想不到雪之下也會有身體不舒服的一天。她雖然體力不好，但健康管理應該做得很確實才是。不過她最近那麼忙碌，昨天甚至出現疏忽，看來是真的累壞了。

……雪之下一個人生活，不知會不會有問題。

葉山也想到同樣的事，猛然抬起頭。

「雪之下自己在外面住，找個人去探望一下比較好。」

「這樣啊……那麼，你們有誰能去探望雪之下同學嗎？這邊的工作可以交給我們。」

巡學姐詢問我和葉山。

「只由學長姐負責，真的沒有關係嗎？」

葉山反問後，巡學姐的臉上先閃過為難的表情，接著又露出熟悉的溫和笑容。

「嗯……沒關係。如果是知道的事情，我應該還處理得來。」

儘管她說得不是很有把握，那張笑容還是讓人感到信賴。

照這情況看來，的確應該將執委會的工作交給學姐，探望雪之下的工作則交給我們。這樣做肯定比記錄雜務組的我，和掌管表演團體的葉山留在這裡好上許多。

能夠從宏觀角度顧全大局，除了巡學姐便沒有其他人。她對我們說一聲「萬事拜託囉」，準備回去工作——

　砰！

「會長！」

這時，一名學生會幹部猛然推開會議室大門，忙不迭地大步進來。

「怎麼回事？」

「關於校慶標語，據說發生問題……」

「哇！為什麼偏偏選在這種時候！」

想不到這麼快便發生重大問題。巡學姐一聽，慌張地趕去處理。

她離開得太過匆忙，我根本來不及問是什麼事情，跟葉山兩人被丟在原地。

「……那麼，現在要怎麼做？」

葉山開口問道。

「我是可以去啦。」

他隨後補上帶有挑釁意味的話，讓我有些不快。

事實上，即使由我去探望雪之下，我跟她也沒有什麼好說的。

如果葉山說由他去，我會看著他離開；反之，如果葉山不去，說不定就換我去。

「嗯……你那麼機伶，又派得上用場，還是你去比較好。」

葉山聽我這麼說，連眨好幾下眼睛。

「……原來你也會說那種話，真是嚇到我了。」

「那麼，勞駕你前往一趟啦。這點應酬話難不倒我的。」

葉山苦笑一下，把臉轉過來。

「不過，如果是因為這種理由，你不覺得讓機伶又派得上用場的人留在現場比較好？」

他說的有道理。在人手不足的狀態下，讓可以處理較多事情的人留下才是上策。例如隊伍內的人數不夠時，自然得指望等級夠高的勇者大人。

「嗯……你說的是沒有錯。」

我搔搔頭，並點頭表示認同。

接著，葉山筆直看向我的雙眼說：

「為了避免誤會，我要先聲明，我完全不認為你是沒有能力的人。既然你有辦法接下雜務組的所有工作，任何人都沒有資格說你派不上用場。」

……原來你也會說那種話，這才真是嚇到我了。

「好啦，要怎麼做？」

他再次向我確認。

不論是誰，一定都認為比企谷八幡贏不了葉山隼人，事實說不定也是如此。坦白說，我恐怕真的沒有任何地方贏得了他。

想想實在可笑，越有能力、越溫柔的人，反而越無法按照自己希望的方式生活。他們時時刻刻受到眾人委託、得滿足眾人的期望，在不知不覺間，這變成一種常態。最後，他們甚至願意伸手接納我這種處在邊緣的人物。

「……我去吧。不管大家怎麼想，肯定都是你比較優秀。大家需要的是你。」

「聽到別人說這種話，感覺其實不差……如果你是真心這麼認為的話。」

不知是不是我的錯覺，葉山的笑容中帶有落寞。他是一個好人，但也因為太過溫柔，所以無法選擇要站在哪一邊。對他來說，每一件事情都同樣重要。這樣一想，我忽然覺得好殘酷。

「……所以，由我去看雪之下。」

我向平塚老師報告，老師的嘴角泛起微笑。

「這樣啊……好，你去吧。雖然我不能告訴你其他學生的住處……」

「喔，這個沒關係。」

我不知道雪之下住哪裡沒關係，因為有另一個人非常清楚。那個人聽到消息，說不定會馬上飛奔過去。

我迅速整理好書包、從座位上起身時，正好和葉山對上視線。他瞇細雙眼，目光相當銳利。

「那麼，拜託你，我也會跟陽乃姐說一下。」

「……太好了，謝啦。」

我簡短道謝，背好書包，離開會議室。

走向大樓門口的途中，我拿出手機撥打電話。

一聲、兩聲、三聲……在話筒中的鈴聲響完第七次，我準備掛斷電話時，對方終於接起電話。

『你怎、怎麼了？為什麼突然打電話過來……』

「妳知道雪之下今天沒來學校嗎？」

『咦……我不知道……』

「聽說是身體不舒服。」

我感覺得出對方瞬間屏住呼吸。

其實身體不舒服並非什麼大不了的事，但是考慮到雪之下最近的樣子，再加上她是獨居，難免會讓人擔心。

對方下定決心似地輕輕吸一口氣。

『我立刻過去看看。』

她果然這麼說。

「我也會過去，在校門口碰面如何？」

『嗯。』

簡短聯絡完之後，我將手機塞回口袋。

戶外的天空還很明亮，但太陽其實已開始西沉。抵達雪之下家的時候，大概是黃昏了吧。

× × ×

前往雪之下家的路上，我跟由比濱幾乎沒有交談。

我們在校門口見面後，由比濱連忙詢問雪之下的狀況如何，但是，這個問題我也回答不出來。

雪之下住的是摩天大廈，在這一帶是出名的高級住宅，也因為是高級住宅，出入管制相當嚴格，外人沒有辦法隨隨便便進到內部。

我們來到大門口，先要聯絡雪之下。由比濱按下雪之下家的對講機。

她已事先打過電話也傳過簡訊，但是雪之下沒有傳來任何回應，所以我有點擔心來到這裡之後，會不會一樣無人應答。

由比濱不死心，繼續多按幾次對講機。

還是不出來嗎……

「難道她不在家？」

「不在家的話倒還沒關係，萬一她重病到爬不起來……」

由比濱那樣想未免太過悲觀，但現在的我沒有辦法一笑置之。

隔了半晌，由比濱再按一次對講機。

終於，對講機發出沙沙的雜音。

『……喂？』

雪之下的聲音小得快聽不見，由比濱連忙撲到對講機前。

「小雪乃？我是結衣，妳還好嗎？」

『……嗯，我還好，所以……』

所以？所以怎麼樣？她該不會要說「所以妳趕快回去」吧？

「總之，快點開門。」

『……為什麼……你也在？』

她八成認為外面只有由比濱一個人，因此聽到我的聲音時嚇一跳。

「有事情要跟妳談。」

『……請先等我十分鐘。』

「知道了。」

雪之下要我們先等十分鐘，於是我們坐到大廳的沙發上等待。原來一棟大廈之所以高級，都是來自大廳的沙發……

在這段期間，由比濱始終盯著手機，手指頭絲毫不動一下。看她這麼專注，大概是一直在看手機螢幕上的時鐘。

我放空思緒到一半，坐在旁邊的由比濱倏地站起來。

她再度按下雪之下家的對講機。

『喂……』

「十分鐘到了。」

『……請進。』

雪之下說完，大門自動開啟。

由比濱果斷地踏入大樓，我跟在後面，兩人進入電梯後，她按下十五樓的按鈕。

電梯上升的速度比想像中更快，面板上顯示的樓層跳個不停，不一會兒，我們便抵達十五樓。

我們走出電梯，發現這裡有好幾戶住家。我跟由比濱走向其中一扇沒有掛名牌的門前。

由比濱彷彿是要確認什麼，先用力握一次拳頭，才按下門鈴。

儘管我聽不出那樣算不算高級，但這裡的門鈴不是一般的蜂鳴聲，比較像高雅的樂器聲。由比濱按一次門鈴後，我們稍微等待。高級大廈的隔音果然很完善，我感覺不出屋子內有什麼動靜，幾秒鐘後，大門突然發出喀嚓喀嚓的冰冷開鎖聲，在好幾個門鎖完全打開之前，又經過數秒的時間。

最後，雪之下小心翼翼、不發出聲響地打開家門，從裡面探出頭。

「請進。」

一進入屋內，立刻聞到淡淡的肥皂香。

雪之下此刻給人的印象不同於以往。她的身材纖瘦，身上的白色細緻針織毛衣略顯寬鬆，過長的袖子將手完全蓋住，鎖骨也從領口間露出。綁成一束的黑色長髮垂到胸前，將衣服的領口隱藏起來，下半身的長裙則快要觸到腳踝。

從大門口看向內部，可以發現好幾扇門。其中有三扇很明顯是房間門，另外在走廊兩側的，大概是浴室和洗手間的門，再沿著走廊往下走，僅用昏暗的間接照明點亮的地方，則是起居室兼餐廳。這就是常聽到的3LDK（註60）格局。

這麼大的屋子裡，只住了雪之下一個人。

我們在雪之下的帶領下，穿過走廊進入起居室。

從起居室能看見向外推出的陽台，隔著窗戶可以欣賞夕陽完全隱沒的天空，以及新都心的夜景，西邊天空仍掛著幾絲寂寥的餘暉。

起居室內有一張小型玻璃桌，桌上擺著闔起的筆記型電腦，電腦旁邊則是裝滿文件的資料夾。雪之下昨天晚上一定還在忙工作。

整體來說，起居室內的擺設頗為樸素，大概是因為沒有考慮過客人來訪的可能性。這裡如同商務旅館，只有最低限度的日常用品、功能簡單的家具，和一張散發暖意的乳黃色布質沙發，沙發前面還有一個小型收納櫃。

起居室內擺著一台大尺寸電視，比較讓我意外。不過仔細一看，下方的電視櫃裡竟然放了一整排貓熊強尼之類的得士尼角色玩偶。我敢說，這個人絕對是為了它們，才買一台這麼大的電視。

「你們坐那裡。」

---

註60　LDK代表客廳（Living room）、餐廳（Dining room）、廚房（Kitchen），前面的數字則表示房間數量。

我和由比濱聽從指示，坐到兩人座的沙發上，雪之下則靠在牆上。由比濱詢問「妳不坐嗎」，她只是默默搖頭。

「那麼，你們要來談什麼？」

雖然雪之下面朝我們，視線卻很明顯垂落在地。她平常的眼神充滿魄力，現在卻如止水般平靜。

我遲遲不回答雪之下的問題，由比濱只好自己找話說。

「啊，嗯……聽說妳今天沒有去學校上課，所以有點擔心……」

「對。不過休息個一天就好了，不用那麼緊張，而且我有通知學校。」

「畢竟妳自己在外面住，大家當然會擔心。」

「而且妳明明很累對不對？臉色到現在還很差。」

聽由比濱這麼說，雪之下立刻低頭，彷彿要藏起自己的臉。

「那樣的工作量的確讓我有一點疲憊，不過，不會有問題的。」

「……那不正是問題所在嗎？」

由比濱這麼一說，雪之下陷入沉默，想必是被戳到痛處。要是工作真的進行得很順利，雪之下不可能累到請假。

雪之下垂著頭的模樣，又多出幾分脆弱。

「小雪乃，妳根本不需要自己扛起一切。妳的周圍不是還有很多人在嗎？」

「這點我明白，所以我已經明確分配大家的工作量，讓自己不要負擔那麼多——」

「但是妳明明沒有做到。」

由比濱打斷雪之下的話。

她的聲音不大，而且很沉著，我卻感受得到緊逼而來的壓力。周遭的聲響消失無蹤，只剩下這句話迴盪在空氣中。

「我有點生氣。」

雪之下聽了，肩膀顫抖一下。我可以理解由比濱的怒氣，因為雪之下獨自攬下所有工作，才會像這樣把身體搞壞。

我輕輕嘆一口氣，下一秒，由比濱的視線掃過來。

「我對你也一樣生氣。之前明明跟你說過，小雪乃有困難的話，你一定要幫助她……」

來雪之下家的路上，她一直緊閉嘴巴不說話，原來是因為這件事……不過，我沒有什麼好解釋的，自己沒派上用場是事實。出於愧疚，我不自覺地垂下肩膀。

「……比企谷同學是記錄雜務部門的，我原本就不要求他做超出分內的事。他充分完成應做的工作，已經很足夠。」

「可是——」

「沒關係，現在還有時間，而且我待在家裡一樣有工作，因此進度沒有延宕。由比濱同學，妳不需要太擔心。」

「那樣不是很奇怪嗎！」

「是嗎……」

雪之下的視線牢牢釘在地面。

「……你覺得呢？」

我稍微花一點時間，才意會到雪之下是在問我。雪之下身後的牆壁一路往廚房延伸，她剛好站在沒有燈光的昏暗處，因此我沒有辦法看出她此刻的表情。

我應該告訴她：「妳的方法是錯的。」

我不是葉山，無法像他那樣說出滿口的大道理。

我也不是由比濱，無法像她那麼溫柔。

可是，我很清楚雪之下做錯了。

「以一般觀點而言，依賴別人、大家互相幫忙、互相支持是最正確不過的事。這可以說是最標準的答案。」

「嗯……」

雪之下像是沒有興趣聽我說話，原本盤在胸前的手無力地垂下，回答的聲音也不帶感情。

「不過，那些都是理想論，世界不會因此轉動。總是有人得抽到下下籤，也一定得有人吃虧多做事，弄得一身汙泥，這才是真正的現實。所以，我不會要妳去依賴別人，或是跟別人合作。」

我聽見她無力地嘆一口氣，但是那聲嘆息夾雜什麼樣的感情，我不得而知。

「可是，妳的做法是錯誤的。」

「……那麼，你知道正確的做法嗎？」

她的聲音在顫抖。

「怎麼可能？我頂多知道不會是妳目前的做法。」

「……」

截至目前為止，雪之下始終維持自我。即使有人前來求助，雪之下也不曾任意出手拯救。儘管她會提供幫助，但最後仍然要看求助者本人的意願。

然而，這次不一樣。大大小小的所有工作，雪之下全部一手包辦，說不定還會如本人所說，在最後想盡辦法，讓校慶展現出該有的樣子。至於能不能讓所有參加者滿意，則另當別論。

但是這樣一來，便與她描繪出的理想背道而馳。

雪之下沒有答腔，一陣沉默籠罩下來。

「……」

「……」

起居室頗為寒冷，身體感受到的溫度更是比實際溫度低。

由比濱打一個噴嚏，隨後又吸吸鼻子，那樣子像是在哭泣。

雪之下也感覺到逐漸充滿室內的寒氣，離開原本靠著的牆壁。

「不好意思，我都忘記要泡茶……」

「不、不用那麼麻煩啦……我、我來幫忙。」

「不用擔心我的身體。休息一整天後，已經好很多了。」

「『身體』是嗎……」

雪之下對自己的事情仍然輕描淡寫，聽在我的耳裡，實在無法釋懷。

「那個……」由比濱說到一半，猶豫著該不該說下去。這種時候要是不先換一口氣，接下來的話便很難說出口。她停頓一下，接著緩緩說道：「那個……其實，我稍微想一下。小雪乃，妳可以依靠我跟自閉男……不是其他任何人，就只有我們兩個。雖然，我自己幫不上什麼忙……不過他的話，一定——」

「……要不要喝紅茶？」

不待由比濱說完，雪之下逕自轉身，進入昏暗的廚房。由比濱的話語無法傳遞到那個空間。

我們的對話總是像沒有交集的平行線。

這棟豪華的大廈正因為高聳，更像聖經中的巴別塔（註61），不論我們說什麼話，都無法傳達給對方。

雪之下端著紅茶杯組走回來，大家不發一語地啜飲紅茶。

註61 根據《聖經創世紀》，人類曾聯合起來興建能通天的高塔。為了阻止這項計畫，上帝讓人類說不同的語言，使人類相互之間不能溝通，計畫因此失敗。

由比濱雙手捧著杯子，「呼～」地把茶吹涼。

雪之下維持站姿，端著杯子看向窗外。

沒有人開口，我們只是默默喝茶，所以茶一下子便喝光。

繼續待在這裡也沒有什麼好談的。

我放下茶杯，從沙發上站起來。

「好啦，我要回去了。」

「咦？啊，那我也……」

由比濱接著起身，跟我走向門口。雪之下並未留下我們。

但她還是踩著不穩的腳步，來到門口送我們離去。

由比濱正在穿鞋時，雪之下悄悄摸上她的頸部。

「由比濱同學。」

「哇！是！」

由比濱被突如其來的觸感嚇得叫出聲音。她正要轉頭時，雪之下輕柔地施力，示意她不用這麼做。

「那個……要我現在立刻依賴妳，可能還有困難，不過總有一天，我一定會的。所以，謝謝妳……」

「小雪乃……」

雪之下朝由比濱露出柔弱的笑容，臉頰染上一層淡淡的紅色。

「可是，我想再多思考一下……」

「嗯……」

由比濱看著前方，輕輕將自己的手放到雪之下的手上。

「由比濱，再來就麻煩妳。」

「啊！等──」

我不給她把話說完的機會，靜靜關上大門。

儘管這樣不太好意思，但之後還是交給她吧。

由比濱已經用只有她才辦得到的方式，完成自己應該做的事。

然而，這樣仍不足以解決問題。

既然如此，解決問題的任務便落在我身上。

時間會解決一切──這種說法是騙人的。那只是將一切放逐到忘卻的邊境，使它們不再重要、不再有影響力，讓問題本身逐漸風化。

改變自己，即可改變世界──這種說法也是騙人的，是欺瞞。這個世界無時無刻不侵蝕著自己，把人塞進定形框架，削除不合框架的多餘部分。在這個過程中，我們只會讓自己放棄思考。整個世界、整個社會不斷對我們洗腦，以強硬手段灌輸我們「改變自己之後，世界也改變了」的想法。

不論是靠感情論還是毅力論還是精神論，這個世界、這個社會、這些團體都不會有任何改變。

這次由我告訴大家，要怎麼做才能真正地改變世界。

× × ×

部分人士對今年的校慶標語很有意見。

其實，我早已想到一定會有人提出抗議。

『好玩！太好玩了！　～聽得見海風的聲音　總武高中校慶～』

……絕對行不通吧？這根本是抄襲「十萬石饅頭（註62）」，而且那是埼玉縣的玩意兒，對千葉人來說，實在有點難接受。

即使暫且把千葉擱在一邊，直接把他人想出的廣告詞搬過來使用，也引發適當與否的爭論。根據最終協商的結果，這個標語被打回票。

於是，執行委員緊急召開會議商討對策。

最近頻繁出沒的陽乃和葉山，同樣以觀察員的身分列席。光是這個現象，便能明顯看出執委會的運作越來越荒腔走板。

以學生會幹部為主的執行部門和雪之下都疲憊不堪。前些日子，他們在人手日漸流失的情況下，已經耗盡精力，只勉強維持整體委員會的運作，這次的突發狀況

註62「十萬石饅頭」是「十萬石福茶屋」販售的日式點心，埼玉縣名產。招牌廣告詞為：「聽得見風的說話聲……好吃！太好吃了！」

無疑是致命一擊。

緊急會議完全沒有要開始的跡象。

會議室內滿是大家吱吱喳喳的閒聊，原本應該掌控現場的相模，卻跟被她任命為書記的朋友在白板前聊天。

巡學姐終於看不下去。

「相模同學、雪之下同學，大家都到齊囉。」

相模這才中斷對話，看向雪之下。

在場所有人的視線跟著集中到她身上，可是，雪之下只是盯著會議記錄發呆。

「雪之下同學？」

她聽到相模叫自己的名字，才驚覺似地抬起頭。

「咦……」

好在她只用非常短的時間便瞭解目前的情況。

「那麼，現在開始進行委員會議。如同事前城迴學生會長所通知的，今天要討論的是校慶活動的標語。」

雪之下以正經的態度，有條不紊地為會議開場。

她首先請大家舉手提供意見，但是對缺乏積極性的團體而言，這種要求太過困難。在場沒有人有幹勁，嚴肅的會議淪為大家嚼舌根的地方。

坐在我隔壁的葉山再也受不了，舉手說道：

「突然要提出什麼想法有一定的難度，要不要先請大家寫在紙上，之後再說明？」

「嗯……那麼，請各位花一些時間思考。」

所有人拿到發下來的白紙後，真正有動筆寫的屈指可數。大多數的人只是互相看對方寫出什麼怪東西，高興地笑個不停。不僅如此，最後回收紙張時，他們也不交回。

所幸在一盤散沙中，仍然有一群不出鋒頭，但是做事很努力的認真學生。撇除無法站在眾人面前這點不談，他們工作很認真負責。之前就受到他們不少幫忙，看來這一次也要麻煩他們。

整理收回的紙張後，所有標語都逐一寫到白板上。

・友情、努力、勝利（註63）。

接下來的好幾個標語，差不多都是這種感覺。

其中有一個標語特別不同：「八紘一宇（註64）。」天啊～我大概猜得出是誰寫的……

另外還有一個標語，同樣吸引眾人的注意。

---

註63 週刊《少年 JUMP》漫畫的三大原則。

註64 這是大日本帝國時期的國家格言，二戰期間當作大東亞共榮圈的建設口號。其意為「天下一家，世界大同」。

「ONE FOR ALL」。

「喔～」這行字一出現在白板上，葉山立刻低聲讚嘆。「那種標語感覺還不錯。」

看來葉山很欣賞這句標語。嗯，的確像他會喜歡的東西，又是英文。

我只用鼻子哼一聲回應，意思為：「是嗎？」

葉山聳聳肩。

「一個人為大家而努力——我很喜歡這種感覺。」

「喔，那樣啊。不是很簡單嗎？」

「咦？」

哼哼，看來連葉山也難以理解我這句話的含意。沒事，就由小的為您說明吧。

「先讓一個人受傷，再把他排除在外……一個人為了大家，不是很常出現這種事嗎？」

——沒錯，我就是在說現在的你們。

「比企谷，你……」

葉山的表情像是冷不防挨一巴掌，眼神轉趨銳利，整個身體轉過來跟我對峙。即使從旁人的角度，也能看出我們正在互瞪。

周遭的聊天聲瞬間安靜下來。

好在我們的談話很小聲，其他人對此只是交頭接耳一下。

我跟葉山無聲的對峙僅維持幾秒鐘，便由我先別開視線畫下休止符。

別搞錯了，我並不是因為害怕，而是因為除了我們之外，所有人的視線都集中在前方。

相模跟擔任書記的朋友討論一會兒後，起身說道：

「那麼，最後是由我們討論出的標語『絆～大家同心協力完成的校慶～』。」

相模宣布由她們那群人想出的標語，寫到白板上。

「哇……」

聽到她竟然說得出那種話，我不禁發出驚嘆聲。這傢伙未免太自我感覺良好，腦袋裡的花開到變成花畑牧場嗎？妳們做不做生牛奶糖（註65）啊？

我的反應在周圍掀起一陣波瀾，近似嘲笑的騷動觸動相模的神經，她自然而然將矛頭對準引起波瀾，立場又最薄弱的我。

「……什麼事情？你覺得哪裡奇怪嗎？」

相模勉強擠出笑容，但心裡其實氣得要命，我可以看出她的臉頰不斷抽搐。

「不，沒什麼……」

我只把話講一半，而且是有所不滿的語氣。我可以保證，這絕對是最讓聽者火大的回應方式。過去我總是下意識地這樣說話，導致朋友一個接一個流失，所以這個道理肯定錯不了。

註65「花畑牧場」經營牧場、食品製造販賣等事業，總公司位於北海道。生牛奶糖是他們的暢銷商品。

這麼做的用意，是要將話語無法傳達的事物傳達出去。

我知道該如何不用話語便把自己的意志傳達出去。

因為從過去到現在，我沒有正常與人對話過。

在休息時間裝睡、受人拜託時故意擺臉色、在工作中唉聲嘆氣……即使話語的力量不夠，我也會用這些方法表達自己的意志。

這些方法我當然再清楚不過……雖然只會讓事情往壞的方向發展。

「我看你好像想說什麼。」

「真的沒有啦。」

相模滿臉不高興，稍微瞪我一眼。

「喔～這樣啊～不滿意的話，你也提一點意見吧。」

我不是說真的沒有嗎？

「嗯……『人～仔細一看，半邊的人在納涼的校慶～』」

怎麼樣？

在場沒有任何人應聲，相模、巡學姐、葉山全都愣住，這大概就是所謂「啞口無言」的狀態。

……這一刻，整個世界彷彿靜止下來。

會議室內呈現一片死寂。

即使是雪之下，也張著嘴巴陷入呆滯。

這時，一陣爆笑聲劃破寂靜。

「啊哈哈哈哈哈！天才，真是天才！太厲害啦！啊哈哈……呼～不行，笑得肚子好痛～～」

發出笑聲的是陽乃，隔壁的平塚老師則是板起臉用力瞪我。好恐怖，太恐怖了。

老師用手肘頂一下陽乃，說：「……陽乃，妳笑得太誇張。」

「啊哈哈哈……嗯，咳咳。」

陽乃這時才察覺到現場僵硬的氣氛，輕咳一下停止不笑。

「不過啊，我覺得很不錯！只要有趣便沒有問題！」

「比企谷……你解釋一下……」

平塚老師帶著受不了的表情，要求我說明。

「各位想想看，我們常說『人』這個字是兩個人互相依靠，但其實是其中一人靠著另一個人才對。我認為『人』字的概念，在於對犧牲某些人的默許與容忍，這不是很符合這次的校慶和執行委員會嗎？」

「犧牲？具體說明一下。」

不知不覺間，老師原本嚴峻的表情逐漸褪去。

「我自己就超犧牲的，像白痴一樣被逼著工作，而且還是其他人塞過來的工作。難道這正是主任委員口中的『互相幫忙』？至少我沒有跟誰互相幫忙，所以不是很清楚啦。」

我說完，大家不約而同地看向相模。

他們見相模顫抖著身體，又看向彼此。

現場出現一陣騷動，細碎耳語在眾人之間傳開。

聲音傳到我附近，又像回音似地折返回去——最後消失在中央。

坐在中央座位的，是校慶執行委員會的執行部門，與副主任委員雪之下雪乃。

此刻，再也沒有人開口出聲。

所有人的視線都集中在雪之下身上，等著看大刀闊斧進行諸多改革、貫徹專制制度的冰之女王，會對這番玩笑話處以什麼樣的懲罰。

雪之下迅速拿起會議記錄遮住臉。

她的肩膀抖個不停，蜷縮起來快要趴到桌上的背也上下跳動。

大家注視那幅奇特的景象，任憑銳利的寂靜刺痛耳膜。

經過一段時間，雪之下發出一聲短嘆，抬起頭來。

「比企谷同學。」

她筆直地看著我的雙眼。

這麼一想，我好像很久沒有像這樣，聽到她叫我的名字，並凝視她澄澈中帶一點藍色的眼睛。

她的臉頰微微泛紅，嘴角綻開笑容，形狀優美的粉紅色脣瓣輕輕張開。

雪之下露出有如絢爛花朵盛開的笑容，對我宣告：

「——駁回。」

接著，她換回認真的神情，坐直身體輕咳一下。

「相模同學，今天先到此為止吧。畢竟再討論下去，也不會有什麼好提案。」

「咦？可是……」

「為這個問題用掉一整天，是很愚昧的做法。不如大家先回去思考，明天再做決定。至於日後的工作，只要大家每天正常出席，即可快速追回之前落後的進度。」

雪之下說完，靜靜地用由不得拒絕的眼神環視所有人。

「各位有沒有意見？」

在她的魄力下，沒有一個人起身抗議。才一會兒的功夫，大家便被迫同意從明天起乖乖出席。

相模當然也不例外。

「嗯……那麼，從明天開始，還請各位多多配合。辛苦了。」

相模宣布散會，大家三三兩兩地從座位上站起。

葉山不看我一眼，直接離開會議室。

其他人從我身旁經過時，陸續投來刺痛的視線，其中還有人低聲抱怨「那個人是怎樣」。就是說啊，這個人到底是怎樣……咦，是在說我嗎？

執行委員解散得差不多之後，在場只剩幾個執行部門的老面孔。

會議室內的氣氛不再緊繃，但還是有一個人悶悶不樂。

那個人是巡學姐。

巡學姐默默離開座位，往我走來。她的臉上沒有平時那種溫和的笑容。

「真可惜……我本來以為你是個認真的人……」

「……」

她難過地低語，可惜我對此沒有什麼話好說。

正是因為這樣，我才不想工作。認真付出僅會換來更高的期待，萬一哪一天自己露出原形，最後只會落得讓對方失望。

我嘆一口氣，將心中的後悔一併排出去。

接著，我振作起精神，從座位上站起。

正準備離開會議室時，雪之下先一步出現在門口。

「那樣沒關係嗎？」

「什麼？」

我反問，雪之下不直接回答。

「你最好還是澄清一下大家對你的誤解。」

「誤解是要怎麼澄清？在他們做出解讀的時候，問題便已消失，我想澄清也澄清不了。」

不論是正解還是誤解，都已是最終答案。

我們無法挽回犯下的過錯，也無法消除烙下的痕跡。

雪之下瞇起眼睛，瞪我一下。

「……你老是在無關緊要的地方找藉口，到了真正重要的關頭，卻閉上嘴巴不說話，使對方也沒有辦法找藉口。不覺得這樣有點卑鄙嗎？」

「藉口本身沒有意義。人們越是碰上要緊的事，越容易自作主張。」

「……好吧，說不定你是對的。藉口的確一點意義也沒有。」

雪之下咬緊牙根說道。

說出的答案不能反悔；潑出去的水無法收回；打破的雞蛋無法恢復原狀；國王派出全部的人馬，也無法讓破鏡重圓（註66）。

不論哪一種說法，都難以擺脫不好的印象。

相反的，要讓人產生壞印象，明明那麼簡單。只要某個人說一句話，或是採取什麼行為，即會被貼上「惡人」的標籤。

因此，再多的解釋都沒有意義，那樣只會加深別人對自己的壞印象。

雪之下盤著雙手呆站在原地，但是沒有靠在牆上。她像平常一樣站直身體，緩緩將臉抬起。

「……那麼，我只好再跟你確認一次。」

她直視我的眼睛，目光透露出強烈的意志，甚至帶有敵意，有如夜空中的閃爍

---

註66 典故出自《鵝媽媽童謠》「矮胖子（Humpty Dumpty）」。

明星。

我感覺得到，她正在用眼神對我說話。

——我不會找藉口，所以，請好好看著我。

下一秒，她嚴肅的眼神增添一股暖意。

「告訴我，剛才那個到底是怎麼回事？」

「什麼東西？」

「你那無可救藥的標語，完全沒有半點品味。」

「至少比妳的好……妳想得出那種東西，難道是類語辭典？」

我說完，雪之下故意長嘆一口氣。

「你還是一點都沒改變，真是敗給你……」

「人類哪有可能說變就變？」

「而且你本來就是怪人。」

「喂，這句是多餘的。」

雪之下輕笑一聲。

「每次看你這樣子，便覺得勉強自己改變實在很愚蠢……」

她還沒說完便轉過身去，小跑步回自己的座位拿書包，再用手指比向外面。那大概是要我出去的意思。

離開會議室後，雪之下將大門鎖好。

「那麼，我去還鑰匙。」

「喔，再見。」

「嗯，再見。」

我們互相道別之後，雪之下手抵著下顎，猶豫一會兒，最後補上一句：

「……明天見。」

她稍微把抵住下顎的手擺到胸前，但是又猶豫著要張開手掌還是握拳，結果索性維持半開不握的姿勢，對我輕輕揮手。

「……明天見啦。」

我說完，我們各自轉身踏出腳步。

走了幾步，我突然湧起轉身的衝動。但是雪之下的腳步聲並未停下，那麼，我應該也沒有回頭的必要。

我真的有辦法永遠不回頭嗎？

我真的有勇氣再確認一次嗎？

人生絕不可能倒帶重來。

錯誤的答案只能讓它繼續錯誤下去。

要想推翻錯誤的答案，唯有找出新的答案一途。

因此，為了明白正確的答案——我決定再去確認一次。

×××

隔天的執行委員會議中，終於決定出校慶活動的標語。

經過大家踴躍發言、腦力激盪，以及一次又一次的激烈爭論，總算在長時間的討論後，所有人頭暈腦脹、再也無法思考的情況下，好不容易達成一個共識。

今年校慶的標語，最後決定如下：

「千葉名勝，祭典舞蹈！既然都是大傻瓜，不跳舞就 sing a song（註67）！」

這樣真的沒問題嗎？

儘管心裡懷著幾分不安，但執行委員會得出的結論就是如此。也罷，反正我不討厭，而且千葉音頭（註68）也算是名曲。

眾人的興致尚未冷卻，委員會成員仍舊繼續討論。

為了將這股士氣轉移至工作上，雪之下悄聲提醒相模：

「相模同學，接下來要依序換掉貼出去的標語。」

「啊，好……那麼，接下來麻煩將貼出去的標語換成新的。」

在相模的指示下，校慶執行委員會總算重新開始運轉。

註67 德島的阿波舞祭典裡有一首歌謠，其中一段歌詞如下：「跳舞的人是傻瓜，觀舞的也是傻瓜。既然都是傻瓜，不跳豈不吃大虧？」

註68 指「千葉名勝，祭典舞蹈」。原文為「千葉の名物　祭りと踊り」。

隨著新的標語出爐，大家跟著凝聚起向心力，展現滿滿的幹勁。

「你們這群傢伙！速速重新製作海報！」

媒體宣傳組的組長激動地吶喊。

「且慢！預算還沒通過！」

會計審查組立刻踩下他們的煞車。

「蠢才！打算盤的通通退到後面！我最光榮的時刻正是現在（註69）！」

「還有，要重貼海報的話，每一個圖釘都要確實回收！那些都有列庫納管的！」

哎呀，物品管理組也忍不住加入。

各個組別都熱烈地討論著，這般盛況跟不久之前的樣子相比，實在難以想像是同一群人。

至於我呢？則是在暗地裡受到謾罵指責，外加無視與排擠。但是，請容許我強調：完全沒有霸凌！本校完全沒有霸凌！

大家都不說一句話，直接把工作堆到我面前。在這個狀況下，仍然不放棄交派工作給我，實在太偉大了——我是指上司。

我二話不說，開啟Word檔案寫會議記錄。這時，頭上忽然冒出某人愉悅的聲音。

「哎呀呀～工作得真勤奮。」

註69《灌籃高手》櫻木花道的名台詞。

執委會開始認真工作，使陽乃閒下來。她大概是特地趁樂團練習的空檔過來探班，順便拍拍我的頭。

「……如妳所見。」

陽乃從我背後看著電腦螢幕。

呃，我說……妳靠得有點近，我聞到某種奇怪的香味，是不是擦了香水？而且，我希望妳不要再靠過來……

「嗯……看來你沒在認真工作喔。」

妳為什麼那樣想？我超認真的好不好！

我送給陽乃死魚般的眼神，陽乃也假裝嚇一跳。

「哎呀，你不高興嗎？可是，這份會議記錄裡，根本沒有提到你的功績啊。」

「……」

她見我閉口不語，又露出燦爛的笑容問道：

「來，比企谷，考考你一個問題：什麼樣的人，最能讓一個團體團結起來？」

「冷酷的領導者？」

「又來了～你明明知道正確的答案啊～雖然我也不討厭這個回答。」

陽乃的臉上保持微笑，視線卻轉趨冰冷。

「正確答案呢，其實是……目標明確的敵人。」

我從略帶寒意的笑容，讀出她真正的用意。

過去曾有人說：「統領人民的最高領導者，即為敵也。」

要注意的是，這不代表一個單純燃起大家敵對心態的對象，有辦法讓所有人在一瞬間轉變態度。

但是，如果增加到四、五個人，接下來將以鼠算方式（註70）急遽增加。隨著數字增添，思想也會逐漸加速。

據說人類是擁有「共感」的生物，例如看到一個人在打呵欠，自己也會被傳染，跟著想打呵欠。

在這些「共感」中，以狂熱、狂信、憎惡特別容易傳播開來。

多層次直銷（註71）和傳教也是同樣的道理。

每個人都希望跟別人一樣。

所以，我們只要模仿教義和講道的方式，建立起「拚死拚活地努力工作最帥氣」的氣氛即可。

數量決定時勢傾向。

數量決定民意所在。

數量決定戰爭成敗。

---

註70　江戶時代的數學，出自吉田光由的《塵劫記》，為一種等比數列。

註71　相對於直接賺取利潤的單層次直銷，多層次直銷可培訓其他直銷員（亦即下線）另外賺取佣金。

聚集夠多的數量，營造出我們最有勝算的氣氛，幾乎等同取得勝利。推動世界運轉的，正是這種「氣氛」。勝利或失敗的關鍵，不在擁有廣大群眾魅力的獨裁者身上，而在絕對多數，或由絕對多數產生之確信。

既然這樣，之後便很好辦。

把「比企鵝同學@不好好努力」這樣的絕對失敗者推上檯面，大眾輿論自然會往另一邊傾。

認真的人最帥氣，不認真會變成比企鵝。

有了這樣的標籤，大家即使心裡不願意，也不得不好好努力。

「呵呵。」陽乃發出輕笑，低頭看著我。「嗯～～這樣的敵人好像有點弱耶。」

要妳管！

「不過，現在大家進入校慶模式，各個都那麼興奮，這樣到底好不好呢？」

「所以我的工作也更多了。」

拜託妳不要再來干擾——我在話中暗藏這一層含意，陽乃卻乾脆地忽略。

「沒關係，如果你乖乖扮演壞人的角色，其他人自然會產生對抗心態。而且，敵人要是不強一點，便沒有辦法成長。促使技術進步的，沒錯～正是競爭！」

陽乃閉著眼睛，調皮地揮動手指，發表一大串我聽不太懂的內容。天啊，有點不舒服……

只不過，她睜開眼睛時，偷偷瞄一眼雪之下。

那個眼神使我腦中湧現一種沒來由的猜想。

「請問，妳該不會……」

我說到一半，被陽乃柔軟的指尖按住嘴脣。

「姐姐我啊，最討厭直覺準確的小朋友喔。」

如果她認為敵人的存在，是讓人成長的最快方式……這是不是代表，她現在的舉手投足，都是為了持續扮演敵人的角色？

雖然沒有明確的證據，但我思考起這樣的可能性。

「知道了嗎？」陽乃輕輕按著我的嘴脣微笑說道。

她的笑容完美無瑕，我差一點又要上她的當。

我僵著身體發不出聲音，這時，背後傳來一陣銳利如刀的說話聲。

「雜務組，趕快工作。」

啪沙啪沙——下一刻，新的一疊文件堆到我面前。

我往上看，發現雪之下用非常冰冷的視線回望我。

「因應標語修改，過去的文件必須作廢，還有會議記錄……現在正在寫啊……」

她撫著嘴角思考半晌才抬起頭。

「……那麼，記得寄信給各個團體，通知他們修改標語一事。」

「喂，等一下，這很明顯是妳臨時想到的工作吧？」

妳很明顯地說了「那麼」對不對？我聽得很清楚！如果不是臨時想到什麼工作

才說「那麼」，難道是指象印牌電鍋（註72）？

「人多少會臨時想到一些事情。智慧即是以有機方式結合而誕生的產物。啊，對了，你再順便登錄這些企劃申請文件，上傳到網頁。」

等一下，妳是不是又說了什麼莫名其妙的東西？編理由的技巧未免太差勁。這樣一來，我的工作量豈不是更加沉重？「順便」這個字眼，不是在塞給人跟目前工作有關的工作時才使用的，難道我學錯了嗎？

我朝雪之下投以懷疑的眼神，卻在她一瞪之下遭到封殺出局。

「總之，麻煩你在今天之內完成。」

「辦不到……」

領教雪之下的威力後，我才明白之前的工作環境有多愜意。如果我處在這樣的打工環境，搞不好會就此不幹，並且關掉手機電源，告訴母親「這一陣子有誰打電話到家裡都不用接」。

可惜這裡是學校，想逃也沒地方逃……正當我絕望之際，陽乃舉起手大大揮舞，吸引雪之下的目光。

「我也來幫忙如何？」

「妳在這裡只會礙手礙腳，趕快回去。」

雪之下無情地丟下這句話，陽乃聽了，眼眶開始泛淚。

註72　此處「那麼」的原文為「じゃあ」，發音與電鍋「ジャー」相同。

「好過分……雪乃，妳好過分……反正我沒什麼事做，乾脆自己當志工吧。比企谷，分一半給我～」

陽乃伸手要拿那疊文件，雪之下無奈地撫摸太陽穴，深深嘆一口氣。

「唉……我要重新檢查預算，妳要當志工的話，去幫忙看預算。」

「嗯？呵呵……好～♪」

陽乃的臉上閃過一陣詭異的笑容，又迅速恢復以往的調調。她推著雪之下離開座位，去幫忙檢查預算。

經過一番紛擾，她也開始工作。

陽乃自己應該有很多事情要忙，我實在不認為她頻繁地出現在校園，純粹是為了練習校慶的表演。她不可能有那種空閒。既然如此，她又是為什麼……

不過，現在根本不該煩惱這個問題。

好好思考要怎麼處理眼前的工作，還比較有建設性。

呵呵，社畜之所以為社畜，正是來自不會造反的奴隸性格……

× × ×

校慶的腳步逐漸接近，雖然氣溫一天一天下滑，總武高中卻一天比一天熱情。

一大早，二年F班的教室便喀噠喀噠地吵得要命。

臨近校慶前夕，今天一整天都要忙著做最後準備。

大家拼湊起桌子，將舞台組合成形。

在班長的指揮下，那個叫小田還是田原的人，搭起用薄木板和紙箱做成的背景；戶部、大和、處男大岡三人組也吆喝著，把精心製作的飛機道具搬進來。

川崎戴著耳機，一針一線地修改戲服；三浦和由比濱一邊聊天，一邊在服裝上妝點紅色絹花。

由於絹花的數量不夠，女生們開始動手做。這種人造花是將五張像衛生紙的絹紙疊起，摺疊幾次之後，中間綁上橡皮筋，再一張一張剝開，在校慶上經常出現。

戶塚和葉山正忙著對台詞。

至於我，由於沒有什麼特別要做的事，索性坐在舞台的一角發呆。

「今晚……你不能過來。」

「我們一直是在一起的。」

小王子的聲音虛幻縹緲，「我」則坦率表達自己的心意給予扶持。

儘管心裡很清楚這是演戲，我還是忍不住咬牙切齒……可惡，早知道會這麼後悔，就應該由我上去演！

不行，再也看不下去了……我別開視線，結果跟超級製作人海老名姬菜對個正著。她的笑容散發耀眼的光芒。

「You，上吧！」

妳是哪個男性偶像事務所的社長嗎？算我拜託妳，千萬不要創立什麼海老名事務所。

「啊，我已經是校慶執委……」

海老名一聽，將捲起的劇本往肩膀一敲。

「這樣啊，太可惜了。比企鵝同學演的『我』，跟葉山演的小王子，會是很好的配對耶……此時此刻，在舞台一角看著那兩人彩排的你，正燃燒著嫉妒之火……啊！難道這是NTR（註73）不成？唔咳！」

她突然噴出鼻血，我還以為要吐血了。真是嚇死我啦……

「啊～～怎麼又來了！海老名，快點，鼻子吐氣！」

三浦注意到我們這裡發生狀況，趕過來用製作絹花的紙壓住海老名的鼻子。不過流鼻血的時候，最好不要那樣做喔。

我再看一眼班上同學，起身離開教室。

前往會議室的路上，每個班級都充滿活力。

對獨行俠而言，這段時期格外難熬。如果現在是放學時間，還可以躡手躡腳地離開教室，反正不會有人注意，或者說大家會好心裝做沒有注意到，無奈現在一天才剛開始，即使想消失也無法去哪裡。

獨行俠所能做的，只有默默等待指示，或呆站在一旁。

註73 取自「寝取られる」（NeToRareru）之羅馬拼音，意指心儀的對象與他人發生關係。

沒有意外的話，我本來應該也會像那樣，不過今年的狀況特殊，因為我成為校慶執行委員會的一員。

我走下樓梯、彎過轉角，這段路我已是再熟悉不過。

不只是各個班級，執委會同樣熱鬧不已。

一抵達會議室，便看到許多人忙進忙出。平常總是關閉的大門，今天始終敞開。

雪之下俐落迅速地處理工作，隔壁的相模像個人偶一動也不動。陽乃坐在椅子上，一邊轉圈一邊跟巡學姐討論什麼。雖然這不是很重要，但陽乃是不是太閒？

我進入會議室，確認自己明後兩天記錄雜務組的排班表。這時，一群人接二連三地擠過來。

「副主任委員，網頁測試完成。」

「瞭解……相模同學，請確認一下。」

雪之下這麼指示，自己也跟著確認。

「嗯，沒有問題。」

「那麼，請進入正式上線模式。」

解決一件事，又有另一件事。

「雪之下同學，表演團體那裡的器材不夠！」

「人員協調組去跟表演團體代表溝通，由管理組決定出借數量，之後再向我們回報結果。」

雪之下迅速下達指示後，才想起坐在隔壁的人。

「相模同學，若沒有特別的問題，就由我直接處理。」

「啊，嗯。好啊。」

有的工作進行得很順利，有的工作出現突發狀況，不過執行委員會都能發揮作用，一一確實解決問題。

這一切最大的功臣，非雪之下莫屬。

「表演團體的彩排時間比預期長，我打算把開幕典禮的彩排挪到後面。」

她下達完指示，稍微吁一口氣。

陽乃偷偷摸摸接近她背後，一把抱上去。

「不愧是我的妹妹！」

「走開，不要靠近我，快回去。」

雪之下冷淡以對，轉頭看向電腦螢幕。

陽乃放開手之後，輕拍她的肩膀。

「雪乃，妳真的做得很好喔，跟我擔任主委時一模一樣。」

「嗯，沒有錯，這些都是雪之下同學的功勞。」

巡學姐也讚不絕口。

「不，這沒有什麼……」

雪之下用力敲打鍵盤，掩飾自己的害羞。

「妳不需要謙虛。多虧有妳在，一切才能這麼順利。」

執行部門也點頭同意。他們曾在最艱辛的階段一起努力過來，那種感受自然特別強烈。

然而，有一個人笑得很生硬——相模只是默默堆出笑容。

「真是滿足～執行委員會就是要像這樣才對！」

大家都點頭同意陽乃的話。他們身為校慶執行委員，很清楚自己盡了應盡的任務，各個覺得相當滿足。

因此，沒有人察覺這句話背後的含意。

這其實是對前一陣子執委會的否定，亦即對率領當時執委會的相模之譴責。

察覺這一點的，僅有個性差勁，以及心有罪惡感的傢伙。

相模在桌子底下把資料揉成一團。

一旁的陽乃露出笑容。

「明天開始的校慶真令人期待……對吧？」

有那麼一瞬間，她看向我。那對陰沉的雙眼究竟看見什麼樣的未來，現在的我仍無法得知。

距離混雜狂熱、青春、欺瞞、虛偽的慶典開幕，僅剩一點時間。

明天終於就是校慶。

哥哥，你在用電腦做什麼？

沒什麼。我們校慶要決定標語，我正在查查看有沒有什麼能用的。

喔～對了，哥哥用「瀏覽記錄　刪除」關鍵字搜尋的記錄要清乾淨喔。前一陣子，媽媽還在用「瀏覽記錄　刪除　還原」的關鍵字搜尋。

她在幹什麼啊……不要做那種事好不好……

她發現一些奇怪的內容，還很生氣。

冤枉啊！那不是我！只有老爸會查那些東西！而且以前家裡收過奇奇怪怪的國際電話帳單，他不是也被罵得很慘。

總覺得聽到什麼不該聽的話……不過，哥哥為什麼這麼肯定不是自己？

想瞞著家人查一些不能見光的東西……沒錯，智慧型手機才辦得到☆！

哇……這個廣告真差勁……

☆改自《織田信奈的野望》台詞「沒錯，iPhone才辦得到」。

# 7

## 此刻的總武高中正處於慶典活動最高潮

四周是伸手不見五指的黑暗，耳邊是學生們鬧哄哄的聲音。單獨抽出每一句話確實都有意義，但是當數量聚集到成千上萬，有意義的句子也變得毫無意義。

暗色帷幕將現場徹底密封，不露出任何縫隙。以微弱的手機光源和緊急出口照明，頂多能照亮自己的掌心。

一片漆黑之中，什麼都看不清楚。

因此，在這當下，所有人似乎融為一體。

在太陽光底下，我們跟別人的不同被照得很清楚，不論想或不想，都會明白自己跟別人是不同的個體。不過在這個地方，彼此的輪廓都模糊不清，要掌握自己跟別人的區隔也成為一件難事。

難怪活動開始之前，總要把現場弄得烏漆抹黑。

這樣一來，大家一看便會明白：當聚光燈劈開黑暗，照亮的那個人，跟其他數

以千計的人截然不同。

因此，能夠站在聚光燈底下的，必須是非常特別的人才行。

學生們的說話聲逐漸消失。

現在時刻是九點五十七分，差不多要開始了。

我開啟耳麥電源，發出通知。按下電源後，麥克風會延遲一下才開始收音，所以我多等兩秒再說話。

「剩下三分鐘、剩下三分鐘。」

不到幾秒鐘，耳機發出沙沙雜訊。

『這裡是雪之下，在此向全體人員通知，活動準時進行。有任何問題請立即回報。』

雪之下沉著地通知完畢，切斷通訊。

接著又傳來好幾陣雜訊。

『燈光，沒有問題。』

『這裡是PA（註74），沒有問題。』

『這裡是後台，人員準備有點拖延，但應該趕得上開場。』

幾個部門的報告依序進來，不過老實說，我無法完全掌握狀況，畢竟，我連自己都快要顧不來了。記錄雜務組在校慶期間被分到多項工作，其中包括開幕和閉幕

註74 全名為Public Addressing，指音控、音響工程。

典禮的舞台周邊雜務。今天我在現場的任務是控管時間，說得簡單些，即為提醒舞台上的人「時間差不多了」或「還有時間喔」之類的小事，既然執行部門要求我做，我沒有辦法拒絕。

各部門的資訊回傳至司令部，亦即雪之下那裡彙整。

『收到。在司令部下達指示之前，先各自就位。』

我待在舞台一端，跟時鐘大眼瞪小眼。

每經過一秒，現場便多添幾分安靜。

如果從小窗戶望進體育館，應該會看見數不清的學生。不過在一片漆黑中，我只覺得好像有某種正在蠕動的巨大生物，例如持擁千面之神「奈亞拉托提普」……咦？好像不對，千面人應該是「米爾．馬斯卡拉斯」(註75)才對吧？算了，不重要。

距離開幕剩下不到一分鐘，體育館內化為一片寧靜的海洋。

所有人屏息以待，不再交頭接耳，共同感受這一時刻。

我再度開啟耳麥。

「最後十秒。」

手指繼續按著開關。

註75　奈亞拉托提普是克蘇魯神話中一種邪惡的存在，擁有數以千計化身的無貌之神。米爾．馬斯卡拉斯則是墨西哥摔角選手，由於每次出場戴的面具都不同，故有「千面人」、「假面貴族」之稱。

「九。」

我緊緊盯著時間。

「八。」

嘴巴不喘氣。

「七。」

每倒數一秒，我跟著吐一口氣。

「六。」

就在我快速換氣的瞬間——

『倒數五秒。』

某個人接下去繼續倒數。

『四。』

她的聲音相當沉著，還帶有一絲冰冷。

『三。』

進入最後三秒，她不再倒數。

不過，一定有人用手指比出「二」。

我從舞台一角往上看，雪之下正從二樓音控室的窗戶監控舞台。

接著，在一片無聲中，最後一秒結束。

剎那間，舞台爆出眩目的燈光。

「大家今天校慶了沒～～」

「喔喔喔喔喔喔！」

巡學姐突然在舞台上現身，觀眾們跟著回以歡呼。

「千葉名勝，祭典跟什麼？」

「舞～～蹈～～」

原來那個標語已經這麼深植人心。

「既然都是大傻瓜，不跳舞就……」

「sing a song～～」

經巡學姐炒熱氣氛，學生們通通沸騰起來。

下一刻，現場響起震耳欲聾的舞蹈音樂。

現在進入開幕典禮的暖場節目，表演者是舞蹈同好會與啦啦隊社全體社員。先前巡學姐帶領大家呼口號，狂熱氣氛持續高漲，有的學生跟著跳舞搞笑，有的學生高高舉起雙手揮舞。

……天啊，我們學校的學生真像一群白痴……

什麼叫「今天校慶了沒」？我才沒有！

哎呀，現在不是發呆看表演的時候。

趕快工作，趕快工作。

『這裡是ＰＡ，音樂快要結束了！』

音控發出通知。

『收到。相模主任委員，請準備上台。』

掌管一切的雪之下如此指示，在舞台上擔任主持的巡學姐應該也有收到。

表演結束後，舞者們鑽進舞台左手邊的布幕後，站在右手邊的巡學姐宣布：

「接下來，由校慶執行委員會的主任委員致詞。」

相模走上舞台中央，她的表情很生硬。上千名觀眾的視線全部集中在她身上。

她還沒走到事先用膠布標示的舞台中央便停下腳步，拿著無線麥克風的手則不停顫抖。

相模好不容易舉起麥克風，剛要說出第一個字——

這一瞬間，音響發出「嗡」的嘯叫（註76）。

由於發生的時機太過剛好，全場觀眾爆出哄堂大笑。

即使從我所處的角落觀察，也明白這個笑聲沒有惡意。我一路走來，不知遭受多少次嘲笑，早已練就用肌膚便能分辨笑聲種類的本事。

然而，呆立在舞台上，受到緊張和孤獨夾擊的相模並不瞭解。

刺耳的噪音消失後，她仍然發不出聲。

巡學姐擔心她，拿起麥克風幫忙解圍。

「……那麼，主任委員，我們重新再來一次！」

---

註76 意指麥克風離音箱過近，因此產生刺耳的噪音。

相模這次總算回過神，攤開一直握在手上的講稿。但由於緊張的緣故，她的手指不聽使喚，結果一個不小心，講稿落到地上，令觀眾再度發出笑聲。

她的臉頰漲紅，彎腰撿起講稿。

觀眾席傳來「加油」的聲音，但是這種發言非常不負責任。儘管他們沒有什麼惡意，那種打氣的話卻無法產生正面效果。

對於處境淒慘的人，我們沒有什麼好安慰的，只能像無機物那樣閉上嘴巴，或是像對待路邊的石頭般放任不管。

相模看著講稿致詞，但還是說得結結巴巴，頻頻吃螺絲、咬到舌頭。

致詞已經超過預定時間，負責掌控時間的我轉動手臂，提醒相模加快速度，但她似乎太過緊張，壓根兒沒有發現。

『比企谷同學，提醒台上加快速度。』

耳機傳來雪之下夾著雜訊的聲音。我往上看向二樓音控室，她也盤手看著這裡。

「早就提醒過了，相模好像沒注意到。」

『這樣啊……看來是我挑錯人選。』

「這是在揶揄我沒有存在感嗎？」

『哎呀，我可沒有這麼說。還有，你到底待在哪裡，觀眾席？』

「這不是在揶揄我嗎？妳明明看得很清楚。」

雪之下還沒說完，我便忍不住回嘴。開頭部分應該沒有被收到音。

『那個……雪之下副主委，大家都聽得很清楚……』

這時，耳機傳來另一個人尷尬的聲音。

……沒錯，所有人都聽得到透過耳麥的對話。我覺得自己真是丟臉丟到家。

經過其他執行委員出聲提醒，耳機先安靜幾秒鐘，才重新發出雜音。

『……之後的流程全部提前，請各自做好準備。』

雪之下隔了好一段時間才開口，一指示完畢，立即結束通訊。

這時，主任委員總算致詞完畢，進入下一個流程。

看來前途將會多災多難。

× × ×

開幕典禮結束，校慶終於正式開始。

校慶活動為期兩天，第一天僅供校內學生參加，第二天才對社會大眾開放。

這是我第二次參與高中校慶，但是就我看來，這只是個再普通不過的校慶，沒有什麼好大書特書。

班級演出、文藝社團的展覽與成果發表、上台表演的樂團……

或許是順應當今社會時勢，學生開設的飲食攤位不能開火烹飪，只能賣一些預先做好的食物，而且不能在學校過夜。

校方設下諸多限制，卻絲毫不減大家的興致，可見校慶是多麼重大的活動。這無關規模大小和水準高低，校慶已成為供大家樂在其中的非日常性「象徵」。不愧是慶典。

我所在的二年F班，當然也感染到這股熱鬧氣氛。攬客大戰早早開打，在走廊上通行成為一件難事。有人在發傳單，有人排成隊伍高舉看板，還有人穿戴似乎從連鎖賣場「唐吉訶德」買來的派對道具走來走去。天啊，看了就煩。

我結束開幕典禮的善後工作回到班上，看到所有人忙成一團，正在為音樂劇公演做最後衝刺。

「喂！化妝的在搞什麼？油彩太淡啦！」

「你又在緊張什麼？超好笑，笑死人了。反正觀眾都是衝著隼人來，你有什麼好緊張的？」

海老名到處大呼小叫，三浦則一一對演員打氣。雖然她的話很傷人，但至少可以消除緊張。

我環顧教室，每個人都認真為自己的工作努力著。這一個半月下來，同學之間的羈絆變得更加強韌。

時而歡笑，時而流淚，時而互相咆哮，甚至差點上演全武行……不過，隨著彼此真正的心意逐漸明朗，大家終於合而為一……的樣子。畢竟我沒有參加班上的音樂劇演出，不清楚實情為何。

無事可做之下，我在教室門口閒晃，同時不斷呢喃「喔～原來如此」，假裝自己忙著工作。

「你為什麼一直假裝自己在工作，是沒有事情做嗎？」

我彷彿聽到上司在對自己說話，轉頭一看，發現真的有一個上司——更正，應該說是校慶上的頭目（註77），海老名。

「沒有事做的話，要不要幫忙顧櫃檯？還是說 You 想上去演？」

我搖搖頭，表示自己當然不想演戲。

「那麼，麻煩你顧櫃檯，告訴觀眾演出時間，有人來問你再回答。」

「可是我不知道演出時間。」

「沒關係，入口有貼公告。不過入口處沒有半個人，確實不怎麼好看。你只要坐在那裡就好，拜託囉。」

真的假的，只要坐在那裡就好？這豈不是全世界最美妙的夢幻工作。我一定要好好從這次經驗中學習，將來才能從事類似工作。

我接受海老名的委託，走出教室一看，門口附近果然有一張收起的長桌子，和幾把摺疊椅。嗯，搭建櫃檯的任務交給我即可。

我喀啦喀啦地拉開桌腳立起桌子，再整齊排好椅子便告完成。真是絕望的帥氣

註77「上司」與「頭目」皆為Boss。

（註78）！男生對這種可以變形的玩意兒情有獨鍾，或許可以說是一種本能。另外，男生也很喜歡拆解物品，例如上課上到一半，總會手癢開始分解原子筆，再重新裝回去。

牆上貼著海報，清楚註明各個場次的時間。只要坐在這張海報旁邊，便不會有冒失鬼再來問我吧。

距離開演剩下五分鐘，正當我放空心思時，教室內的喧譁聲好像更加熱烈。我稍微探頭進去，看看發生什麼事。

「好！大家通通圍成一圈！」

戶部如此提議，所有人紛紛發出「咦~」、「真的要喔」的聲音，但還是乖乖圍成一個圓圈。如果現在是休閒活動時間，一旦排出這個陣形，八成會玩起大風吹。

「如果沒有海老名，便不會有這一切對吧？所以過來過來，正中間的大位讓給妳！」

既然是圓形，何來中間之有？

我正感到納悶，看到戶部指著自己的隔壁，這樣一來，他便能順理成章地摸上海老名的肩膀。不錯嘛，頗有策士的樣子。

三浦似乎想幫策士一把，拉起海老名的手。

「來，海老名，妳去中間。」

---

註78 出自遊戲「超速變形螺旋傑特」，主角轟驅流的口頭禪為「絕望的〇〇」。

結果，海老名真的被推上正中間，亦即圓心的位置，變成所有人以她為中心形成圓圈。戶部默默流下眼淚。

海老名環視每個同學，最後將視線停在一個人身上。

教室的某個角落站著一個人影——川崎。

海老名露出笑容，邀請她加入。

「川崎，妳也來吧。」

「咦，我嗎？不需要啦……」

「又在說那種話。音樂劇的服裝是妳做的，當然要負起責任。」

「負起責任……妳不是說妳會負責嗎？」

川崎嘴上這麼抱怨，還是走進圓圈裡。

在我之外的所有人到齊後，由比濱回頭看我一眼，我笑著搖頭拒絕。她看到了，露出不太高興的表情。

這有什麼好不高興的？我不過是不在那個圓圈中。要是什麼忙都沒幫卻出現在圓圈內，肯定更加尷尬又難受。

既然覺得不夠光明正大，不如選擇不要參加。看看相模，她好像有點抬不起頭。圓圈中的相模顯得悶悶不樂。稍早在開幕典禮上的致詞表現得不理想，可能是她不高興的原因之一，但我想真正的原因，在於參與感太低。

習慣給人評定等級者，也會用等級評定一切事物。因此，相模會思考現在的自己處於何種等級。她選擇遠離三浦和葉山的位置，但又不站在相距最遠的直徑上，而是稍微錯開的地方，以免跟他們正面遙望。這無疑是相模正在思考的證據。現實中的距離，會表現出彼此內心的距離。

若照這個道理推論，海老名站在圓圈的中心，正好說明她是這次校慶班級活動的中心人物。只要她發號施令，所有人都二話不說地跟隨在後。

從遠處欣賞那個完整的圓形，感覺意外地不錯。

×　×　×

用深色布幕圍繞的教室內，擁擠得如同沙丁魚罐。

海老名判斷現場再也容不下更多觀眾，下達在門上掛「客滿」牌子的指示。

掛好牌子後，我用充當櫃檯的長桌擋住門口，不讓外面的人再進來。

為了保持空氣流通，教室門沒有完全關閉，保留些許縫隙。我從縫隙窺看內部。

音樂劇終於揭開序幕。

首先是葉山的角色「我」演一段獨角戲。

聚光燈打在他身上，觀眾們瞬間爆出歡呼，看來葉山的朋友和粉絲通通到齊了。

以沙漠為背景的舞台上，擺著一架飛機道具，故事中的「我」描繪的圖畫，由套上布偶裝的男同學演出。演到動物被蛇纏住的劇情時，兩個男生也交纏在一起，滑稽的畫面讓觀眾捧腹大笑。

葉山繼續他漫長的獨角戲。

這時——

「不好意思，請你幫我畫一隻羊。」

戶塚的聲音響起。

「咦，什麼？」

「我」沒聽清楚這句低語，小王子重複一次。

「請幫我畫一隻羊。」

聚光燈移到舞台一端的戶塚身上。他的模樣可愛討喜，觀眾們發出一陣驚嘆。

隨著兩人相遇，故事順利發展下去。

這時進入「小王子」談自己星球上玫瑰的橋段，一名全身包覆綠色緊身衣、頭戴紅色洗髮帽的男生出現，用娘娘腔訴說自己和小王子的往事。

之後的劇情也頗為慘烈，小王子回顧自己一路上造訪的星球，幾乎都以短劇呈現。

滿腦子想著炫耀威嚴、捍衛權勢的國王，身披一條條同學從家裡帶來的豪華地毯，大和在裡面熱到快要受不了。

渴望眾人崇拜、認同的自戀男，從頭到腳貼滿錫箔紙，戶部全身刺眼得難以直視。

為耽溺酒精感到羞恥，為了把這種感覺拋到九霄雲外，又用更多酒灌醉自己的酒鬼，身邊堆滿好幾手烈酒和數不清的一升瓶（註79）。一直搞不清楚叫做小田還是田原的人出於緊張，整張臉漲得通紅，如同真的喝醉酒。

商人滿口數字經，不停嚷嚷「看啊！我可是重要人物」。拜海老名的指導之賜，班長跟他身上的西裝很相配。

點燈人受規則束縛，必須持續地點燈與熄燈，只見見風轉舵的大岡身穿滿是煤灰的連身工作服，繞著電燈道具不斷轉圈。這個角色感覺滿適合他的。

把自己關在書齋，從來不踏出門的地理學家對世事一無所知，專門把探險家的回憶記錄下來。一直搞不清楚叫做小田還是田原的人，身邊堆滿地圖和地球儀，研讀書本的模樣頗有學者架勢。

先由大家腦力激盪（大概吧），再由川崎努力（肯定的）製成的戲服，同樣獲得觀眾熱烈的迴響（萬歲）。

接著進入「小王子」降落地球的段落。

他來到沙漠，遇見蛇還有許多朵玫瑰，發現原來自己擁有的東西，在這個地方俯拾皆是，一點也不稀奇。

戶塚悲傷地說出台詞，觀眾席間傳來吸鼻子的聲音。戶塚那麼可愛……喔不，是小王子那麼可憐，我好想立刻衝上台抱住他。

註79　日本一種固定大小的玻璃瓶，容量約一點八公升。

這時，戴著狐狸面具、身披毛皮大衣的男生出現。

——啊，這是我最喜歡的一幕。

小王子對狐狸開口：

「來跟我玩吧。現在的我很悲傷……」

他垂著頭，落寞地說道。嗯，非常好，我看得心痛一下。順道一提，在海老名的劇本初稿中，這裡的台詞是：「不做嗎？」（註80）……我真想問，那個女的腦袋裡到底裝什麼……

狐狸回答小王子：

「我不能跟你一起玩……因為我還沒有被馴養。」

我非常喜歡「馴養」這個字眼。「馴養」切實、明確又現實地跟「建立關係」畫上等號。

事實上，建立關係的確有如一步一步被馴養，告訴自己要跟對方，甚至跟所有人好好相處，不可以惹麻煩。下一步，自己的內心與立場跟著被馴養，利牙逐漸收斂，銳爪逐漸消退，尖刺一根一根掉落。我們學會謹慎對待他人，如同小心翼翼地觸摸身上的腫脹部位，以免傷害到他人，或者使自己受到傷害。我很欣賞這種對於「建立關係」一事的諷刺表現。

在我想著這些事的時候，劇情繼續往下發展。

註80　漫畫人物阿部高和的名台詞「やらないか」。

「你要先像這樣坐在草地上，跟我離得遠一點。我會用眼角餘光看你，你什麼話都不要說，畢竟話語是誤會的泉源。」

小王子跟狐狸持續對話。

他們順利馴養彼此。

然而，分別的時刻終於到來。

臨別前，狐狸告訴小王子一個祕密。我想，在《小王子》整個故事中，這是最有名的一段話。

——真正的東西不是用眼睛可以看得到的。

小王子跟狐狸道別，繼續探訪許多地方，最後，舞台再度回到沙漠。

「我」要跟小王子去尋找沙漠裡的水井。

「沙漠很美麗，因為某個地方藏了一口井。」

戶塚說出這句話，觀眾席又發出一陣驚嘆。這個段落在《小王子》內也非常具代表性，大部分的人想必都耳熟能詳。

「我」跟小王子不斷對話，累積相處的時間，兩個人的心也漸漸重合。最後，他們分別的時刻終將來臨。順道一提，在海老名的劇本初稿中，這時候兩人連嘴脣和身體都要重合。那個女的究竟是……

「小王子……我很喜歡你的笑聲……」

女性觀眾聽到葉山的台詞，不由得興奮起來。如果把這段話錄成ＭＰ３之類的檔案拿出去賣，肯定可以賺不少錢。

「我不願意離開你……」

葉山這句話，讓觀眾滿足地發出「呼……」的嘆息。不如這樣吧，乾脆發行一張葉山的枕邊話語集CD，同時附上抱枕如何？我有預感，這個產品一定商機無限。

最後來到兩人分別的一幕。

小王子被蛇咬一口，靜靜倒下。戶塚將小王子詮釋得非常脆弱，似乎隨時會消失，我感覺到觀眾專注得幾乎忘記呼吸。

舞台黯淡下來。

一道光打在葉山身上。

「我」的最後一段獨角戲，為整齣音樂劇畫上句點。

結束的那一刻，台下立刻響起如雷的掌聲。

值得紀念的王音（《小王子》音樂劇）首演，在全場爆滿的盛況下落幕。

但是我有一個疑問，這應該不算音樂劇，而是戲劇吧……大家又沒有唱歌跳舞。

×　×　×

沒有表演的時候，我關上教室大門。

負責坐在櫃檯，似乎也代表要幫忙顧教室。班上同學休息、去其他班級參觀時，我便坐在出入口旁的摺疊椅上。

根據記錄雜務組的排班表，我明天一整天都要去各處巡視，所以只有今天有辦法參加班級活動。既然我事前沒有幫忙，第二天也抽不出時間，今天當然得在這裡從早坐到晚。如果這樣也能算是參加班級活動，我反倒要感謝留下這個工作，並且願意接受我的同學們。

不過說真的，我不認為班上有幾個人會想到這點，所以多少猜得到是誰的主意。

「辛苦了！」

有人在櫃檯上放一個塑膠袋，我抬頭一看，原來是由比濱。

「嘿～咻。」她拉開靠在牆上的摺疊椅坐下。請問妳是老太婆嗎？

「表演得如何？」

「還不賴，而且觀眾看得很高興。」

先不論戲劇本身的完成度，觀眾的反應的確相當熱烈。雖然不清楚這是否為超級製作人海老名想看到的，但以著重戶部提倡的「有趣」的娛樂表演來說，倒是很成功。

以高中校慶的表演而言，更是沒話說。再加上由葉山、戶部、大岡等一群好朋友演出，我不是要說什麼小圈圈的問題，他們的確讓一個群體發揮出最大的效果。

平時要好的朋友分別扮演不同角色，這中間的落差可以帶給觀眾一大樂趣；他們在舞台上不經意流露平時的性格，亦可帶給觀眾另一種樂趣。這些樂趣跟既有的娛樂表演完全不同。

從這些角度看來，這次的音樂劇確實值得肯定。而且最重要的是，戶塚實在太可愛了。

「因為大家努力了那麼久啊。」

由比濱發出「嗯～」的聲音，將身體往後伸展。聽她說得感慨萬千，我也能感受到她為這一天付出多少心力。真是辛苦妳了……不過妳穿著那件T恤，身體一往後仰，胸部跟肚臍便讓人分心，可以麻煩妳趕快坐好嗎？

「是啊。雖然我沒有幫忙，所以不知道，但你們應該辛苦很久吧？」

「你有校慶執行委員會的工作，不能來幫忙也是不得已的。對、對了……正式表演前，沒有跟大家圍在一起，是不是讓你很在意？」

由比濱兩根食指互戳，抬眼問我。有什麼問題不太好問出口時，她很容易出現這個習慣。這傢伙又在為無關緊要的小事操心。

「不會，一點也不在意。我什麼忙都沒有幫，跟大家圍在一起才奇怪吧？」

話是這麼說，讓她操心這點卻是不爭的事實。我難得這麼老實地回答問題，由比濱聽了，無奈地笑著嘆一口氣。

「……就知道你會這樣說。」

「妳是怎麼知道的……」

先被對方猜到自己會說什麼，感覺有點丟臉。可以不要這麼做嗎？

由比濱靠到椅背上，椅子就發出類似咯咯笑聲的聲音。

「因為你啊，老是在奇怪的地方認真，看久了自然會知道。」

「妳一直看著我喔……」

這次，她坐的椅子嚇一跳，發出「呀」的聲音。由比濱半站起身體，拚命在胸前揮手否認。

「啊，沒有！剛剛說的不算！我大部分時間都別開視線，什麼都沒看到！」

「其實妳要看，我也無所謂啦……」

我下意識地搔搔頭。

接著，我們閉上嘴巴不再說話，相鄰兩班的喧鬧聲更形熱烈。

E班跟G班似乎也很熱鬧。

特別是E班，聽說他們做了雲霄飛車，教室前面正大排長龍。隊伍中有一些人耐不住漫長的等候，開始發出噓聲抱怨，E班的同學見狀，不知道該怎麼辦。

長長的人龍可以吸引更多排隊人潮，這是非常奇特的現象。不只是排隊這件事如此，像熱門商品搶手的事實，本身即可當作新的宣傳手段，吸引更多消費者搶購。

他們班也不例外，原本的隊伍已有很多人，後面還持續湧入新的人潮。

「哇……這下麻煩了。」

由比濱低喃。

「要是再排下去，會不會失控啊？」

就眼前情況看來，他們班的人手大概不夠，顯然無法消化現場人潮。整條走廊被排隊的人塞爆，只是時間早晚的問題。

這時——

「嗶」一聲尖銳的哨聲響起。

我把頭轉往發出聲音的方向，看見巡學姐。

「請大家配合一下！」

巡學姐的身邊明明沒有其他人，她一說完，其他學生會幹部卻突然冒出來。才一轉眼，他們已經開始整理隊伍，將排在後方的人疏導至其他地方。你們是comike會場的工作人員嗎？

「E班負責人在不在？」

雪之下也出現了。她找來班級活動負責人，瞭解事情經過，並且商量對策。

「小雪乃好帥喔……」

「我看E班的人一定有被嚇到……」

根據我跟由比濱的觀察，雪之下跟平常沒有兩樣，但如果是跟她沒什麼交集的人，想必會覺得她冰冷的壓迫感很恐怖。

「不過，她好像比較有精神了。」

「……是啊。」

商討完對策後，雪之下似乎稍微吁了一口氣。她抬起頭時，短暫瞥向我們一眼，但又立刻別開視線，頭也不回地離去。說不定下一個任務還在等著她。

我看著雪之下走遠，對一旁的由比濱問道：

「對了，可以問一下嗎？」

「嗯？什麼事？」

由比濱雙手撐在桌上托著臉頰，臉沒有轉過來便直接應聲。

「妳在雪之下家裡時，有沒有跟她談什麼？」

「嗯……」她先思考一會兒才回答：「沒什麼～」

「啊？」

我用這個聲音要求說明，由比濱開始回顧那天的後續。

「你回去之後，我跟她都餓了，便一起吃晚餐，還看了ＤＶＤ。接下來，我也回家……所以，我完全沒有問你想知道的事。」

最後那句話宛如故意針對我。

「……我又沒有什麼想知道的事。」

「喔？我倒是很想知道。」

「那妳為什麼——」

那妳為什麼沒有問——見到由比濱的側臉，我立刻把問到一半的話吞回去。她盯著雪之下消失的走廊轉角，神情相當認真，令我理解到自己最好不要再開口。

「我啊，決定繼續等待小雪乃。她大概也很想開口，主動接近我們……所以，我會等她。」

這毫無疑問是由比濱會說的話。

到目前為止，總是由比濱主動接近我們，所以她一定會繼續等待。雪之下明白這一點，為了回應她的心意，同樣想著要自己踏出腳步。

「如果是不管經過多少時間也不會有改變的人，我就不會等待。」

「嗯？是啊，那種人一直等下去也不是辦法。」

由比濱聽了，輕笑一下。她維持雙手托臉的姿勢，略微將身體轉過來凝視著我。

非公演時段的教室前方，人潮逐漸加速流動。走廊上的學生們，有的正趕往下一個目的地，有的正在招攬客人，大家忙碌地來來去去。我們沒有必要一個個認出那些人的身影，嘈雜的聲音也跟我們完全無關。總之，他們只是一片背景，只是環境音效。

因此，我可以聽見由比濱用比平常沉著的聲音，一字一字緩慢說出：

「不。我不會等他……我會主動接近他。」

撲通──這個瞬間，我的心臟劇烈跳動一下，痛得彷彿快要爆開。

看著她溼潤的眼眶，我幾乎要胡思亂想起這句話的意義。然而，要是真的胡思亂想，八成只會落入最糟糕的情況，到頭來仍是自己會錯意。在此之前，我已經受過無數次教訓，這次我不想再會錯意……或許吧。

因此，現在的我沒有什麼好回答她。

「這樣啊……」

「嗯，沒錯。」

我們含糊又無意義地應答一下，由比濱最後害羞地微笑回應。她微笑的意思，大概是想就此結束這個話題。

兩人輕嘆一口氣，別開視線。

這時，我看見稍早由比濱放在桌上的塑膠袋。

「那個袋子裡面是什麼？」

「啊，我都忘了。你還沒吃午餐吧？」

由比濱打開塑膠袋，裡面裝著一個紙袋。她打開紙袋，取出裡面的東西。嘿，這個俄羅斯套娃的造型真奇特。

等等，好像不太對。

喔～原來是麵包，整整一大條吐司麵包。

這條麵包上淋有大量鮮奶油和巧克力醬，再撒滿五顏六色的巧克力米，但基本上就是一條吐司，而且是一整條吐司。與其說是午餐，應該說是吐司才對。

由比濱得意洋洋地舉起這條鮮奶油吐司。

「噹噹～蜜糖吐司！」

喔喔！難道是傳說中「大家最愛去的Pasela」的超人氣蜜糖吐司……這是什麼主題餐點嗎？咦，不是？所以不會有人用特製杯墊送上特製飲料？沒關係，卡拉ＯＫ鐵人也可以（註81）！

我用略帶感動的眼神看向由比濱，她訝異地問：

「蜜糖吐司沒有那麼稀奇吧。千葉不是也有Pasela嗎？」

「沒辦法啊，我幾乎不會去卡拉ＯＫ。」

可惜這是外行人做的蜜糖吐司，才會是這種水準，真正的蜜糖吐司想必更精緻美味。我說啊，這完完全全是麵包吧？為什麼不多努力一點，掩飾麵包原有的樣子？這麼大剌剌地露在外面，擺明在告訴大家「我就是一條麵包」。

「嘿！」

由比濱分開蜜糖吐司，發出一點也不像分食物時該有的聲音放上紙盤。妳直接用手啊……算了，反正我不介意。

我姑且接受由比濱的好意，嘗嘗被她開腸剖肚的蜜糖吐司。

「好好吃！」

由比濱把嘴巴塞得滿滿的，臉上還沾著奶油。看她吃得一臉陶醉，大概是甜食

註81　主題餐點意指餐廳跟業者合作，推出以特定動漫畫作品為主題的餐飲。「Pasela」與「卡拉ＯＫ鐵人」則為日本的連鎖ＫＴＶ。

愛好者。

看著看著，我開始覺得自己會愛上這條吐司。

我懷著興奮的心情，咬下第一口——

……麵包好硬……中間一點蜂蜜的味道都沒有！

鮮奶油加得不夠，吃到一半便成為一塊又乾又難咬的玩意兒。這是在玩處罰遊戲嗎？不過真要說的話，選擇蜜糖吐司當午餐，本身即大有問題。

奇怪，為什麼由比濱本人吃得那麼高興……這裡面真的有什麼東西好吃嗎？

「鮮奶油好好吃！」

喂喂喂……那不是蜜糖吐司的必備條件吧……而且那堆鮮奶油還是從我這裡搶過去的。

儘管可以吐槽的地方多到數不清，見由比濱吃得津津有味，我實在不忍心說出口。最後我是配茶把麵包吞下去，好不容易才吃乾淨。

嗯……好吧，算好吃吧？

由比濱也吃完蜜糖吐司，抽出面紙擦掉嘴角的奶油。她的嘴唇閃著光澤，在陽光照耀之下顯得刺眼，我不得不把視線移開。

這個蜜糖吐司是整整一大條，因此，即使我們有兩個人，分量仍顯得相當多。

既然是整整一條麵包，應該有相當的價格，畢竟不像墨西哥捲餅那麼便宜。

「多少錢？」

我剛拿出錢包，由比濱便按住我的手制止。

「不用啦，這又沒有什麼。」

「不行，既然吃了當然要付錢。」

「真的不用！」

由比濱堅持不收錢。若照這樣下去，只會沒完沒了……

「……我願意被包養，但是不接受施捨！」

「我真是搞不懂你的自尊心！」

由比濱發出「唔……」的聲音沉吟，煩惱一陣子，最後嘟噥：

「你真的很麻煩耶～好啦，我知道了，不然，下次你也請我吃蜜糖吐司……在千葉的 Pasela。」

「還指定地點喔……」

我嘴上這麼抱怨，心裡其實很清楚她的真意。

多虧這一步棋，我再度失去自己跟她的距離感。

我承認跟之前相比，現在兩人的距離確實有拉近。我不至於幼稚到聽見這件事實，便激動地連忙否認。

填寫班級活動申請單時也是，如果純粹是要問怎麼填，其實隨便找個人問即可。

然而，我還是特地尋找由比濱，請教她該如何填寫表格。

現在的我容忍自己到這個地步。

因為由比濱很好說話。

可是——

也因為如此，我一定得克制自己。

缺乏原則、缺乏自制的信賴是為撒嬌。

我不可以看由比濱溫柔，便事事有求於她；不可以看由比濱親切，便放任自己依賴她。

她的溫柔是經歷切身之痛，不斷煩惱、痛苦而來，這一點我很清楚。所以，我絕對不可以輕易妥協。

假如這些並非出自她的溫柔或親切，而是另一種不同的感情，更是不在話下。那是利用人心的軟弱，趁虛而入的行為。

處理感情務求允當。

保持距離亦講適當。

——那麼，多往前踏出一步，究竟是否為好事？

校慶是一種慶典，慶典屬於非平常的日子。

正因為非平常，判斷的基準跟以往略有出入。在這樣的日子裡，說不定連我都會出現一些誤判。

「……可以改成其他的嗎？」

「可以啊。」

由比濱笑道。

「……那麼，要挑什麼時候？」

那張笑容帶有說不出的魄力。

「呃……不好意思，麻煩多給我一些思考時間……」

在由比濱的笑容攻勢下，我不禁回答得畢恭畢敬。

她聽到我的答案，心不甘情不願地嘆一口氣代替回答。

今天才是校慶的第一天。

不過，結束的一刻總會到來。

時鐘的滴答聲響也在暗示我們，這樣的時候終究有結束的一刻。

啊，哥哥又在用電腦了。這次是在查什麼？

這個嘛……對了，妳要出去玩的話，會選什麼樣的地方？

得士尼樂園是最安全的選擇，另外還有 LaLaport。

都是千葉縣民固定會去的地方……沒有別的嗎？

媽媽牧場？

咦？媽媽牧場可以嗎？那成田夢幻牧場也行囉？

也行也行！還有東京德國村！

和船橋安徒生公園。

和鴕鳥王國！

喔？那我推薦市原大象國。

**＊One day, Hachiman and Komachi＊**

哥哥真不簡單，想到的真多。
那麼，小町選鴨川海洋世界！

水族館的話，葛西臨海公園也滿近的……雖然在東京。

小町覺得水族館很不錯喔，還有動物園。

千葉市動物公園是吧？

沒錯沒錯，那裡有遊樂園，還有尖叫類遊樂設施。

動物公園有那麼刺激的東西啊？

有啊，在去那裡的路上。

那是千葉單軌電車吧。實際搭乘是有點可怕沒錯，不過滿有趣的，而且新型車廂很帥氣。

千葉單軌世界最強～～～～～～

在懸吊式單軌電車裡，它的營運距離也是世界最長。

不論是家族旅行還是情侶約會，總有一堆好地方。沒錯，千葉才辦得到……對了，原本的話題是什麼？

嗯？千葉的廣告吧。

# 8 雪之下雪乃注視的那個人就在前方

校慶進入第二天。

今天是對外公開日，不少住在附近的居民、來自友校的學生、有志報考本校的同學都來參觀。再加上適逢星期六，很多人放假休息，校園內展現平時所沒有的熱鬧景象。

校慶第一天有點像大家關起門，先自己全程彩排一遍，第二天則大不相同，突發狀況也增加許多。

所幸在校慶執行委員會全員出動下，第二天的量再多也不用怕，好比側翼與防漏側邊的雙重保護。

如此這般，今天一整天，我都要忙執委會的工作。

我們要面對各式各樣的參觀民眾，包括數量最多的周邊國高中生，還有攜家帶眷的家庭或女士、住在附近的老人，以及「不太清楚這裡在做什麼，不過我們還是來湊熱鬧」的小孩子。

按照規定，訪客都必須簽名登記，不過從我的觀察看來，這個關卡把守得相當不確實。具體說來，如果有誰的存在感跟我差不多低，搞不好可以在不被發現的情況下，大搖大擺地進入校園。

衛生保健組的值班人員跟男性體育老師搭檔，在兩扇校門前擺設長桌接待訪客，所以沒有什麼奇怪的傢伙混進來。

我在擁擠人潮中主要負責的工作是拍攝照片，為各個班級展出的活動、觀眾的反應等等留下影像，記錄這一年校慶的盛況。

我本來以為只要隨便把鏡頭對準幾個地方，啪嚓啪嚓按幾下快門便大功告成，但是一直進行得不怎麼順利。

原因在於，當我舉起照相機時，總會有人前來制止：「不好意思，我們不開放拍照……」你們知道這樣讓我有點受傷嗎……

每次遇到這種情況，我都得秀出「校慶執委會·記錄組」的臂章，甚至由自己主動道歉。

正當我拍完不知道第幾張照片時，背後突然有東西撞上來，產生一陣衝擊。

「哥哥！」

「喔，小町。」

我轉過頭，看見小町抱著我。以一名哥哥的立場來說，妹妹像這樣撒嬌的感覺並不差。哇哈~我的妹妹真可愛！

「分隔許久的重逢就是要擁抱……好，小町應該可以加到分。」

「妳以為這裡是希思羅機場（註82）嗎……」

外國人未免太喜歡在機場裡摟摟抱抱。

我把這個鬼靈精從身上拉開，她又「啊嗚」地叫一聲。真是個鬼靈精。

今天是星期六，學生不用去學校上課，小町卻不知為何穿著制服。說到這個，為什麼女生那麼喜歡穿制服？舉目所見，其他學校的女學生也是清一色制服打扮。

好吧，我想得到一個理由——這樣便不需要煩惱該挑哪一套衣服。

小町開始整理她撲過來時弄亂的水手服衣領，這景象有種說不出的不尋常。

……喔，我懂了。大部分的訪客都是呼朋引伴來參觀，只有小町獨自前來，所以有一種奇特的感覺。

「妳是一個人來？」

「對，因為小町只是來找哥哥的，然後這樣說又能幫自己加分。」

小町見我用冷淡的視線看她，故意咳了一下。

「不開玩笑啦。其實，因為現在是升學考試前的緊繃時期，小町覺得找朋友來不太好。」

對喔，這個鬼靈精也是笨蛋一個，因而我常常不小心忘掉她好歹是個考生，而

註82 倫敦最大的國際機場，也是全世界最繁忙的機場之一。

且第一志願正是這間總武高中。

親眼看看心目中第一志願的校慶，的確有可能對她產生正面刺激，不過在此同時，也會增加壓力。她大概是為了這個目的，特地來到這裡。

小町像是走進大觀園，好奇地東張西望。

「結衣姐姐跟雪乃姐姐呢？」

「由比濱大概在我班上，雪之下就不知道了。」

「那麼哥哥為什麼不留在教室？沒有容身之處嗎？」

她的口氣輕鬆，說的話卻如此傷人。真是失禮，若問容身之處，我當然有，教室座位的桌椅即為我的固有領土。不過除此之外，便沒有其他容身之處，所以在桌椅被徵召使用的校慶期間，我徹底淪為流浪之民。請叫我飄泊者。

「……徘徊各地的孤傲靈魂，根本不需要依靠之處。」

「哇～好帥氣～」

那妳的語調為什麼沒有半點感情？

「所以，哥哥在做什麼？」

「工作……」

小町聽到我的回答，連眨兩三次眼。

「所以，哥哥在做什麼？」

「不是說我在工作嗎？」

為什麼同樣的問題要問兩遍？想要我在妳的學期成績單的評語欄，寫上「別人說話的時候要認真聽」是不是？

「所以，哥哥在做什麼？」

「妳是跳針的CD嗎？要不要用研磨劑幫妳擦一下？我是真的在工作啦。」

「哥哥，在工作……」

直到我重複第三遍，小町總算聽懂，懷著無限的感慨低語。

「打工總是動不動蹺班，還編一些『沒有啦，最近要準備考試，家人盯得比較緊』之類的奇怪理由，每次都做不了多久的哥哥……竟然在工作……」

她的眼角有東西閃爍一下。

「小町好高興……可是，好奇怪喔，為什麼有種哥哥去了遠方的感覺，心情有點複雜……」

喂，別再用那種充滿親情的詭異視線看我，實在太難為情了。這樣會害哥哥一改過去的生活態度，大徹大悟決定為了家庭好好做人。

為了甩開小町溫暖的眼神，我重新確認自己的處境。

「不過，雖說是工作，其實只是在最底層跑腿打雜。能夠取代我的人，要多少有多少。」

「這樣啊，小町瞭解了。」

這傢伙竟然點頭如搗蒜，令我忍不住苦笑。

「對吧，我也這麼認為。」

繼葉山之後，連自己的妹妹也說出這種話，看來我真的生來註定要當社畜……唉，好吧。這不是要吹噓，連我都覺得自己的眼神，很像海賊山賊還是盜賊集團裡最沒地位的小嘍囉。

我跟小町一起漫步在走廊上。

在擁擠的人群中，小町走在我前面幾步之處，欣賞各班教室內的裝飾和學生們的服裝，也為大家活力充沛的一面大開眼界。

「哇……」她佩服得不斷驚呼，「升上高中後，果然不太一樣。」

「因為國中不會辦這樣的活動。」

「對啊，只有合唱比賽。」

聽到「合唱比賽」這個字眼，我腦中閃過一段不好的回憶。

為什麼每次唱沒幾句，便有人大聲指責我沒跟著唱？我明明有開口唱好不好？還是說，因為平常我都不說話，才沒有人認出我的聲音？要是我把自己的聲音錄下來再播放，豈不是被你們當成幽靈在說話？

這時，小町停下腳步。

她誇張地拉長身體，把手伸到額頭上望向遠處，接著又盤起雙臂，發出沉吟聲思考。

「小町要到處參觀，哥哥，晚點見囉。」

話一說完，她快步轉過走廊、爬上樓梯，沒多久便看不見身影。

忽然被拋下的我，呆愣地對已經不見人影的地方應聲，嚇得從旁經過的別校女生往後跳了快五十公分。

「喔，好……」

我妹妹實在是個奇特的人。

她可以跟周圍的人和諧共處，也喜歡單獨行動。這一點頗為特殊，故能說是次世代混合型獨行俠。小町懂得掌握次子以下的孩子特有的優勢，能從前人的失敗中學習要領。她看著我這個孤獨專家長大，所以非常清楚其中的優缺點。

世界上的兄弟姐妹有千百種。

如果有一個像我這樣以普世觀點來看，搞不好被認為是失敗品的哥哥，身為妹妹或許意外地輕鬆不少，即使被比較也不會覺得痛苦。

可是，如果我優秀得異於常人，小町對我又會怎麼想？

我大概是看見前方出現那個人的身影，才下意識地冒出這個念頭。

縱使在人山人海中，我也能一眼認出她。

雪之下雪乃正慢慢花時間，逐一觀察各間教室。

她的眼神比平時增添幾許暖意。

先不論過程，今年的校慶能順利進行，都是她的功勞。雪之下想必也如此自覺、為此自傲，所以眼神才特別不同。這些都是她努力而來的成果。

她繼續看向下一間教室。

在那同時，她的眼角餘光似乎捕捉到我。

雪之下稍微面露驚訝，眼神倏地轉為冷淡，大步走過來。這是為什麼？

「今天是自己一個人啊。」

「我大部分時候都是一個人，不，不對，剛才還跟小町在一起。」

「喔？小町也來啦。你們怎麼沒有一起去參觀？」

「她大概看我在工作，自己先跑去參觀。」

「……工作？」

雪之下訝異地歪著頭。

「妳看不出來嗎……」

「所以才要問你。」

竟然給我裝傻。

這樣還看不出來嗎……這令我有點受到打擊。不過等等，她說的其實也沒錯，目前我的確沒有在工作……

「那麼，妳呢？工作？」

「對，到處巡視。」

「妳昨天不是也在巡視？不用參加班上活動嗎？」

「……跟參加那種東西比起來，我寧可在這裡工作。」

雪之下滿臉不悅地回答。印象中J班推出的是時尚走秀。那個國際教養班裡，女學生的比例高達九成，如果想輕輕鬆鬆吸引一大票客人，只要強打美女牌即可。這樣的話，雪之下想必會被排除在外。天啊，所以她才這麼討厭嗎？不過，我倒想看看她不情不願地套上光鮮亮麗的衣服，擺著臭臉被推上舞台的樣子。

正在各處巡視的雪之下，毫不鬆懈地留意四周。

她的視線落在某個班級前。

「……那班的活動跟申請資料不符。」

三年B班將牆壁布置成洞窟，掛上模仿「法櫃奇兵」標誌的「礦車大冒險」牌子。

「這裡是在做什麼？」

「麻煩你事先把各班活動記熟。」

這傢伙又給人出難題……

雪之下伸進胸前口袋，取出一份摺疊整齊的校慶活動手冊給我。

我默默收下，打開來看……喂，這份手冊還溫溫的，讓我有點心跳加速，可以請妳不要做出那種毫無防備的行為嗎？

我趕緊尋找三年B班的展出內容，藉以分散注意力。三年B班、三年B班……找到了。根據手冊上的說明，「礦車大冒險」是：「讓乘客坐在緩緩前進的礦車內，欣賞內部裝飾和立體模型。」

可是，洞窟內不時傳來尖叫，還有喀噠喀噠的劇烈震動聲。

這很明顯是雲霄飛車吧……他們也許是看昨天大家對二年E班的雲霄飛車反應熱烈，才臨時決定改變設計。這群人腦筋轉得真快。

然而，校慶執委會的副主委不可能坐視不管，她立刻要求負責人出來說明。

「請問負責人在不在？貴班的展示內容跟當初送交的申請單不同。」

三年B班的女生一聽，瞬間臉色大變。

「慘了！」

「一下子就被發現啦！」

「快、快把她塞上車，趁機蒙混過去！」

雪之下此舉宛如驚動蜂巢，學長姐們抓住她的兩隻手，把她推上礦車。

「等、等一下！」

雪之下一邊抵抗一邊看向我，大概是要我過去幫忙的意思。

可惜，她這麼做只會造成反效果。

前一刻我還跟空氣一樣沒有存在感，下一刻，B班所有人的視線全都集中過來。

「……他也是執委？」

「有臂章！」

「那也塞進去！」

不一會兒，我被一群粗魯的男生抓住。等一下！為什麼來抓我的不是女生？這是不是不太公平！

我被拖進他們的教室。喂，剛才是誰摸我的屁股？

教室內部同樣布置成洞窟，有靠ＬＥＤ燈發光的礦石和水晶骷髏、保麗龍做成的岩石、吊在線上飛來飛去的蝙蝠，在在可以看出他們的巧思。

不過，現在不是佩服的時候，我被推進推車改裝成的礦車。喂！從剛才開始一直有人在摸我的屁股，到底是誰！

最後，有人大力從後面推一把，我跟雪之下摔進礦車。

所幸我及時抵抗一下，才免於撞到雪之下，但是在狹窄的空間中，我們只能縮成一團。

……太近了太近了，我們分別往礦車的兩端挪動。

「嗯～承蒙各位來賓搭乘『礦車大冒險』，現在請盡情體驗神祕的地底世界。」

播報一結束，四名全身裹著黑服、體格魁梧的男學生開始移動礦車。仔細一看，另外還有兩個輔助的人。

礦車在長短桌子、木板和鐵板組合成的軌道上高速滑行，發出轟隆隆的聲響。途中還有高低落差，我感覺得到車子一會兒往上爬、一會兒往下衝。

好恐怖……人力推動的雲霄飛車真不是普通的恐怖……

突然間，我的外套被鉤住。轉頭一看，原來是被雪之下緊緊揪著。

礦車繼續轟隆隆地劇烈晃動，時而將我們抬往高處。我好像有點體會，洗衣機

裡的衣服是什麼樣的心情。

最後，礦車好不容易在終點停下。

雪之下背靠著牆壁，神智已經不知飄去哪。

「這趟地底之旅是不是很有趣呢？歡迎兩位再度光臨～」

聽到外面學生的聲音，我跟雪之下回過神，面面相覷。雪之下這時才注意到自己的手，迅速放開我的外套。

我們被半推半送地離開教室。在黑暗中待一陣子後，外面的陽光顯得特別刺眼。

「本班的礦車是不是很好玩？」

三年B班的負責人這時才出現，帶著滿滿的自信詢問。雪之下送對方一道冰冷的視線，但由於腳步還不穩，使視線的魄力大打折扣。

「不是好不好玩的問題，這個設施跟貴班的申請內容不符……」

「確實有一點出入啦，這是我們根據實際情況做的彈性調整。」

這正是所謂的得意忘形……面對處於這個狀態的對象，即使我們說破嘴也不會有任何效果。這不代表他們班的負責人有錯，團體本來就是這個樣子，一旦決定好方向、開始運作，便很難聽進其他人的話。既然如此，我們只能從修正他們的軌道下手。

「好啦，如果沒有安全上的問題，不需要太過追究。妳看大家玩得那麼高興，不也算一件好事嗎？」

聽我這麼說，雪之下考慮一下。

「有道理……那麼，麻煩你們補齊申請資料，並且在入口放上說明，還有在乘客搭乘前對他們說明清楚。」

「咦～～好吧，如果只是這樣……」

「麻煩你了。」

雪之下對負責人行個禮便離去。她才剛踏出腳步，又回頭不高興地瞥我一眼。在陽光照射下，她的臉頰微微泛紅。

「……記錄，請你好好工作。還有……為了確定你不會偷懶，我必須就近監視。」

「沒這個必要……」

別小看我。即使有人監視，想偷懶的時候我還是會偷懶，這就是我。

× × ×

結果，在無視當事人意願的監視下，我聽從雪之下的吩咐拍攝幾張照片。巡視與記錄工作同時進行著。

來到靠近體育館的三年E班教室前，雪之下再度停下腳步。

——「寵物小棧　喵嗚～汪汪～」。

E班的學生們各自帶來家裡的寵物，教室牆壁上則掛滿寵物的照片，除了最常見的貓、狗、兔子、倉鼠，還有雪貂、白鼬、鼬鼠、蛇、烏龜……怎麼身體長的動物特別多？這樣真像極了寵物公關店。

其中有一張照片，格外吸引雪之下的目光。

喔，原來是布偶貓。這種貓有一身又長又蓬鬆的毛，摸上去很柔軟，算是大型貓，故得到「布偶」之名。我已經很清楚說是「布偶」，所以絕不是大人玩的「那種玩偶」。其他還有新加坡貓、臘腸貓等小型品種，雖然牠們的名字裡又是「波」又是「辣」，倒也不會讓人想到奇怪的地方。

雪之下稍微瞄一眼教室內，又看向牆上的照片，來來回回好幾次。

……啊，糟糕糟糕，我已經可以預見接下來的發展。

「想看的話，可以進去啊。」

雖然知道接著會發生什麼事，我還是姑且這麼說。

意外的事情發生了，雪之下滿臉遺憾地搖頭。

「……裡面有狗。」

哎呀，對喔，雪之下拿小狗沒轍，那就沒有辦法囉。

「而且……會被……其他人……看到……」

她費了好一番功夫，才勉強低著頭擠出這句話，臉龐漲得通紅。

好吧，大家看到她逗貓的樣子，可能多少會被嚇到。別人都是大聲叫著「好可愛」，她卻一臉嚴肅地撫摸那些貓。畢竟雪之下處於高高在上的專家領域，絲毫不可能妥協，要是讓大家看到她蹲在那裡逗弄貓咪，會讓執委會副主委的威嚴瞬間掃地。

這裡不同於真正的寵物店，有那麼多人看著，所以也沒辦法。

「沒關係啦，下次妳可以去家樂福。那裡有寵物店，很方便喔。」

「家樂福我知道，我很常去那裡。」

這樣啊……她研究過啦，真厲害……

「那麼，差不多可以走了吧？」

然而，雪之下一動也不動，還指著門口對我要求：

「記錄，工作。」

不要只用單字跟我說話，妳是波波嗎（註83）？

不過雪之下一看到貓，就變得相當執著，看來不論我再說什麼，她照樣是無動於衷。

於是我乾脆地讓步，加入現場的攝影行列。很好很好～接下來把腿抬起來看看～

幾分鐘後，我得以從打雜的身分解脫。

「我說……拍那麼多貓的照片有什麼用？」

雖然我是不介意。

雪之下跟我要走數位相機，開始逐張確認。

註83 漫畫《七龍珠》裡的角色。

「呵呵……」她看著自己站在遠處指揮我拍的貓咪照片，滿意地露出微笑。

她一邊操作數位相機一邊走路，我本來還想說會不會有危險，但是說也奇怪，大家的前進方向都跟我們相同，所以不用擔心撞到人。

再往前走是體育館，從這裡可以看見，敞開的大門內已經聚集非常多人。

雪之下聽見熱鬧的歡呼，將數位相機還給我。

「……差不多要開始了。」

「什麼東西？」

她不回答我的問題，逕自踩著堅定的腳步走向體育館，彷彿要去尋找什麼答案。

「走吧，比企谷同學。」

她背向我說道。

「嗯？喔。」

反正我是記錄雜務組，要去哪裡都沒意見，直接拍攝副主委要求的畫面，更可以省去之後被人抱怨「這些照片都不能用」的困擾，我也落得輕鬆。

我跟著雪之下進入體育館。

現場已經坐滿觀眾，找不到哪裡還有空的摺疊椅，而且後方同樣擠滿一排直接站著觀賞的觀眾。從場內的盛況看來，活動前的預告做得非常完善。

「啊，雪之下，妳來得正好。」

在現場待命的人員協調組組長走過來。

「椅子的數量不夠，很多人直接站著看。需不需要整理一下隊伍？」

「應該不需要。」

「不過，這樣不會很吵嗎？」

「……他們很快會安靜下來。」

雪之下說的沒錯，鬧哄哄的觀眾不知是察覺到表演即將開始，還是見舞台上的古典樂器散發出高格調的氣氛，被震懾得沉靜下來。

我們在表演開始前，往站立觀賞的觀眾最尾端移動，一到最角落，便見觀眾騷動起來。

原來是帶著各種樂器、穿著華麗禮服的女性們陸續登場，觀眾席響起一片掌聲。走在最後面，悠然登場的是雪之下陽乃。

在絢爛的聚光燈下，她身上的窄版長禮服將身材曲線雕塑出來，每走一步，深色衣裳跟著翻飛，觀者無一不被奪去心神；從遠處看上去，妝點在胸口和頭髮的手工黑薔薇顯得華麗，珍珠和亮片也讓她更耀眼奪目。

陽乃稍微拉起裙子，優雅地對觀眾一鞠躬。

她踩著高跟鞋走上指揮台，將指揮棒輕輕舉起，停在空中。那舉止之典雅，看得觀眾連動一下身體都捨不得。

終於，她像是手持一把西洋劍，用力揮下去。

瞬間，旋律流瀉而出。

我彷彿看見聚光燈下耀眼閃爍的銅管樂器，從喇叭口吹出空氣的形體；震動的弓弦，拉出箭一般銳利的音色；木管樂器的旋律飄進耳朵，則有如微微顫動的傍晚涼風。

陽乃用手中的指揮棒，劃破眼前的空間。

小提琴手一同起身，帶著滿滿的感情拉奏琴弦。

緊接著，長笛、短笛、雙簧管以及後面的人跟著起身，加入輕快旋律的演奏行列。接著又換單簧管、低音管站起，高高舉起樂器吹奏；小喇叭和伸縮喇叭同樣不落人後，仰起頭用自己的音色為樂曲增添氣勢。低音提琴手將樂器當成陀螺不停旋轉，定音鼓手跟著華麗地轉一圈。

光是序奏部分便這麼有氣勢，完全不像正統的古典音樂。不僅如此，他們還打破框架，加入讓人眼睛為之一亮的演出。

所有觀眾無不感到驚愕，有如被甩一巴掌。

不過，旋律跟節奏如此熟悉，身體自然而然地興奮起來，演奏者們的額外表演又有一種親近感，聽眾個個將身體往前傾，專心聆聽。不知不覺間，大家都開始拍著大腿打拍子。

我聽過這個旋律，但想不起來是哪一首曲子，只記得吹奏樂社很喜歡表演這一首……正當我快想出答案時，陽乃突然將手高高舉起，用力揮向兩邊。

那個動作在和諧的管弦樂團演奏中，顯得特別異常。陽乃用修長的手指數幾拍，觀眾的注意力全集中在她的手上。

這時，又是一段我有印象的旋律。體育館內的所有人，應該都知道是什麼曲子。

陽乃再度彎起身體，一手將指揮棒指向演奏者，另一手指向觀眾，同時大力揮下去。

她一下達信號，台上和台下的人全部跳起來，大喊：「Mambo！」

延續現場爆出的熱情，音樂逐漸加速。

接著，第二波「Mambo！」巨浪襲來。

依台上人們的演奏水準，實在很難想像他們已經離開管弦樂一段時間。

陽乃也一樣，在她的指揮下，自第一線退下的校友們各個拿出看家本領，為觀眾送上最生動的表演。

現場熱鬧的程度，已經不下於舞廳或演唱會。

這是大家關起門，僅屬於此時此刻的終極狂歡，在場所有人都感染到熱熱鬧鬧的氣氛，半強迫地成為演奏者的粉絲。能夠讓現場瘋狂到這種地步，一個原因是來自樂團本身的堅強實力，另一個原因則來自負責指揮的雪之下陽乃。

我因為位在站立區的最角落，才有辦法平心靜氣地欣賞表演。要是跟前排觀眾擠在一起，想必會發生慘劇。我八成會不顧其他人通通站起，自顧自地繼續黏在椅子上，遭受後排觀眾的白眼。

管弦樂聲未歇，持續快馬加鞭，直奔樂曲的最後一段落。

「……姐。」

在魄力驚人的演奏下，我差點漏聽隔壁傳來的細微說話聲。

「啊？」

除了尾音，前面幾個字完全聽不見。我稍微把頭靠過去，想要聽清楚，雪之下也把身體湊過來，再說一次：

「我剛才說，不愧是姐姐。」

即使四周一片黑暗，聲波中的低語仍暗示出我們兩人靠得很近。一陣高雅的香氣竄入鼻腔，我不禁後退一步。

我調整心情，再度踏回半步。不用擔心，只要臉沒有靠得太近，沒有什麼好緊張。

「真意外，原來妳也會誇獎人。」

「……是嗎？別看我這樣，我對她的評價可是相當高喔。」

距離拉近之後，我們更聽得清楚對方在說什麼。只不過，雪之下隨後加上的話又小聲下來，我差一點再次漏聽。

「我也曾經想過，要變得跟她一樣。」

出現在她視線前方的，是站在舞台上，如同表演劍舞般揮動指揮棒，姿態既奔放又華麗的陽乃。

舞台高出平地一大截，指揮台又比舞台更高一些。讓聚光燈照遍全身的指揮台，無疑是最適合陽乃的地方。

「……不用像她那樣也沒關係吧，維持現狀有什麼不好。」

我的低喃大概完全被觀眾的歡呼和掌聲蓋過，所以雪之下沒有任何回應。

# 9 於是，各自的舞台即將揭開序幕

拍攝有志團體的表演，也是記錄雜務組的工作。體育館二樓的通道擺有攝影機，我換上充飽電的電池，再確認記憶卡容量。表演結束後，還要取出影片檔案，用學生會蘋果電腦內的 Final Cut Pro（註84）加工編輯。本來有請他們先教一下該怎麼使用，但由於那個軟體太複雜，而且 Windows 派的我連操作蘋果電腦都是一大問題，結果光是加上一段字幕，便快讓我舉白旗投降。

若要說工具，這裡的確準備得很齊全，從蘋果電腦到 Final Cut Pro 通通都有。再看我使用的這台數位相機，不但看起來很高檔，收音效果也好得沒有話說。我操作觸控式螢幕，確認相機隨時可以開始錄影。

這些工作完成後，便要準備最後的閉幕典禮。

今天跟昨天不同，一整天都是我當班，但只要幫忙一些雜務即可，所以心情上

註84 Mac 作業系統特有的影片編輯軟體。

輕鬆許多。

我從二樓通道走下樓梯，進入舞台一側的布幕後。

閉幕典禮前的最後一個活動，是來自各方的團體表演，葉山組成的樂團負責壓軸。此刻，我們正在後台，為閉幕做準備。

因此，目前後台忙得不可開交。

「唔……糟糕，開始緊張了。」

三浦低著頭，臉色有些蒼白，看來她同樣參加了葉山的表演行列。其他團員也在暖身，葉山撥著沒接導線的電吉他，戶部雙手拿鼓棒在空中揮舞，假想自己正在打鼓，大和抱著貝斯一動也不動，大岡則專注盯著舞台上的鍵盤手。

臨近上場之際，他們都緊張得要命，只有葉山顯得從容自在。戶部不斷甩頭，晃動的幅度甚至比手裡的鼓棒還大。

除了即將登台的表演者，其他還有人到處閒晃。

「嗯～讓他們在台上喝的飲料……啊，附上吸管應該比較容易喝。」

「結衣，這種時候啊，可以用剪刀在瓶蓋上戳洞，再轉一轉把洞挖大，把吸管插進去。」

「哇，姬菜妳真厲害！」

妳們是樂團經理嗎？

我正在為每個人準備充飽電的耳麥，但雪之下不斷在附近來來回回，讓我不分心也難。

「妳到底有什麼事？」

她聽到我的問題，才猛然回過神反問：

「……你有沒有看到相模同學？」

我環視四周，的確不記得相模出現在附近。

「我正打算找她進行閉幕典禮的最後協調……」

「我撥她的電話看看。」

巡學姐試著打電話，但不一會兒便露出難色。

「……她可能沒有開機，或是在收不到訊號的地方。」

嗯，電話語音會這樣說沒錯。

「我再問問看其他同學。」

她又陸續撥好幾通電話，但仍然沒有任何好消息。

巡學姐嘆一口氣，對沒有半個人的空間開口：

「你們在不在？」

「在此。」

學生會幹部倏地從布幕後現身。

你們該不會是忍者或刺客吧？

「能不能幫忙找一下相模同學？啊，記得定時跟我聯絡。」

「遵命。」

難道你們真的是忍者？

執行部門傾巢而出，開始全力搜索相模。

然而，雖然他們可以打聽到相模中午之前的動向，線索卻到此中斷。中午過後，她如同從校園蒸發不見。

接下來葉山等人的表演結束後，便要立刻進行閉幕典禮。若將典禮前的確認和準備工作也列入考量，時間已經所剩無幾。

由比濱見雪之下盤著雙手、眉頭深鎖，便「噠噠噠」地跑過來。

「小雪乃，怎麼了？」

「妳知不知道相模同學在哪裡？」

由比濱歪頭思考。

「嗯……我沒有看到她。她不在的話，會有什麼問題嗎？」

雪之下點點頭，於是由比濱拿出手機。

「那麼，我打電話問問看。」

我看著由比濱離開現場去打電話，自己提出另一個想法。

「要不要用校園廣播找人？」

「有道理。」

我們透過播音室發出尋人通知，但對方還是沒有回應。

「雪之下。」

平塚老師聽到廣播，從後門悄悄現身。

「相模來了沒？」

雪之下搖頭。

「……這樣啊。剛才老師們聽到廣播，也大概知道目前的狀況。如果有誰看到她，我想會跟這裡聯絡。只不過……」

平塚老師這麼說，表情卻不怎麼樂觀。她大概是在委婉地告訴我們，別抱太高的期望。

相對於外面快要沸騰的觀眾席，後台的氣氛一口氣降到冰點。隨著時間一分一秒流逝，主任委員缺席的危機更加迫切。

「這下麻煩了……要是相模同學不在，沒有辦法進行閉幕典禮。」

「是啊……」

巡學姐無奈地點頭。

由比濱看到大家的表情很陰沉，開口詢問：

「小模不在的話，會有什麼問題嗎？」

「閉幕典禮的致詞、總評、公布得獎名單，都是由她負責。」

根據往例，每年校慶都是如此。先不論相模到底做得好不好，她仍必須完成主任委員的工作。

「……最壞的情況，是找別人代替上台。」

巡學姐先為萬一的情況思考備案。

如果要由別人代替上台，巡學姐或雪之下想必是不二人選。就她們的職位和立場考量，不論讓哪一個人上台，都還說得過去。可是這樣一來，閉幕典禮勢必將留下汙點。

雪之下也認為這個方式不可行。

「我認為這個方式不太可行，因為只有相模同學知道優勝團體和地方獎的投票結果……」

計票作業是由留在會議室內的人負責，但每個人來來去去，各自只知道自己統計的票數，最終總得票只有彙整數據的相模知道。

「不然，頒獎典禮改天再進行如何？」

雪之下點頭表示可行，但表情還是很緊繃。

「那是最後不得已的辦法。不過，地方獎不在這個時候公布，便沒有意義。」

這是一場強調跟地方連結的校慶，「地方獎」又是今年新創設的獎項，首次頒獎便延期舉行，怎麼樣都說不過去。

不論如何，現在得趕快找到相模。

然而，直到目前為止，仍然無人跟她取得聯繫，也沒有人掌握她的去向。

雪之下用力咬住嘴唇。

「發生什麼事？」

現在差不多要換最後一組上台表演，不過葉山依然不改從容的態度。他察覺到後台的低氣壓，對我們問道。

「啊，我們聯絡不到相模同學……」

巡學姐開始對葉山說明事態。

葉山聽了，立刻有所行動。

「副主委，我想申請改變表演內容，能不能讓我們多唱一首歌？現在已經沒時間，只要妳口頭答應……」

「你們可以嗎？」

「嗯。優美子，妳可以多表演一首自彈自唱嗎？」

「咦，多唱一首？你在開玩笑嗎？不可能不可能，我沒有辦法啦！現在都快緊張死了！」

將近上場前，心裡七上八下的三浦聽葉山這麼問，著實嚇一跳。

「拜託啦。」

「嗚嗚嗚……」

三浦原本死命拒絕，但在葉山的笑容攻勢下，又抱住頭陷入天人交戰。那個模樣其實有點可愛。

這時，雪之下踏出一步，走到三浦面前。

「……我也放下身段向妳請求。這對我們將是一大幫助。」

「……唉……別開玩笑了……」

三浦死心地嘆一口氣，抬起頭瞪向雪之下。

「我這麼做可不是為了妳喔！」

她說這句話，並非要掩飾自己的害羞，而是真的對雪之下懷有敵意。說完後，她便轉身離去。

「戶部、大岡、大和，走了。準備 Stand by。」

三浦個別敲一下他們的頭，踩著大步走向舞台。後面的三個人雖然抱怨「真的假的」、「天啊」、「別鬧了」，但還是乖乖跟上去。

四個人一上台就位，人員協調組跟著忙碌起來，再次確認各自的工作。為了多表演一首歌，事前的準備工作可是相當繁複。

在這段期間，葉山同樣把握機會，拿出手機迅速操作起來。他大概不是單純寫信給某一個人，而是利用郵件列表（註85）、Facebook、LINE 等等的ＳＮＳ（註86）。之後，他又打了好幾通電話。

葉山忙完一個段落，「呼……」地吁一口氣。

「……謝謝你。」

---

註85 Mailing list，意指個人或組織蒐集收件人姓名和電子信箱，以便發送訊息給眾多訂戶。

註86 Social Networking Services，社群網路服務。

「沒什麼，我也想把自己好的一面表現出來啊。比起這個……我們大概頂多能撐個十分鐘，你們得利用這段時間找到相模。」

「嗯。」

「……」

十分鐘……可是，相模不接電話，先前使用校內廣播找人也沒有回應，可見她是打定主意，要逃掉閉幕典禮。想要在短短十分鐘內，找到不知藏在什麼地方的人，實在不太可能。

「我出去找找看。」

由比濱準備往外衝，我立刻阻止她。

「漫無目的亂找，恐怕很難找到。」

學生會幹部們已經在外奔波，打聽任何可能的資訊，即使如此，目前仍未傳回好消息。我不認為現在多一個由比濱去外頭找人，會有什麼幫助。

所以，現在先以相模缺席為前提，利用多出來的時間思考應變方式，才是最有建設性的做法。

「最簡單的方式，是隨便捏造一份票選結果，再找個替代人選上台宣布。反正不會有人知道真正的投票結果。」

在場的人聽了，瞬間露出「天啊」的表情。

「比企谷……」

「你不覺得……」

「這樣做……」

「真的不太好喔。」

平塚老師、巡學姐、由比濱、葉山這群有良心的人，紛紛否決我的意見。不行嗎？我本來覺得這個做法非常實際耶。

每次聽到這種建議，總是第一個跳出來否決的雪之下倒是沉默不語。我疑惑地看向她，雪之下正撫著下顎思考什麼。

「……比企谷同學。」

「什麼事？」

我不禁緊張起來。

究竟是多麼惡毒的罵人話語，竟然要讓雪之下想那麼久？

雪之下直直盯著我。

「如果我再多爭取十分鐘，你能不能找到相模同學？」

「這個嘛……」

我在腦中模擬，試著尋找可能性。

三浦他們即將上場，並且會多表演一首歌；可以的話，曲子之間還能插入一些串場；再加上出場、退場時間，以及觀眾能有多少耐心靜靜等待閉幕典禮開始。這些時間總和起來之後，但有可能出現預料之外的事，導致時間縮短。把這些可能性都列入考量，三浦他們從現在開始，實際能幫我們拖延的時間，大約只有七到八分鐘。

如果雪之下額外多爭取十分鐘，實際上總共可用的時間大約為十五分鐘，以我的腳程來說，若要在這十五分鐘內離開體育館，想辦法找到相模，去一個地點找人已經是極限。萬一相模離開學校，那就萬事休矣。因此，我只能鎖定一個地點賭賭看能否找到人。

「不知道，我也說不出明確的答案。」

「嗯，所以不是不可能囉？這樣就夠了。」

對於我不明確的回答，雪之下倒是給予明確的回應。

她接著拿出手機，先大大呼出一口氣，再下定決心撥出電話。

雪之下緊閉雙眼，等待電話接通。過了幾秒鐘，她忽地睜開眼睛。

「姐姐，請妳立刻過來後台。」

看來，該如何多爭取另外十分鐘，雪之下已經找到答案。

× × ×

雪之下結束通話後不久，對方立刻來到現場。

「雪乃，我來了～有什麼事嗎？隼人差不多要上場，我想在外面看一下。」

陽乃滿面笑容，從容得讓人感到恐怖。她先前大概就在距離我們不遠的地方欣賞樂團表演，說不定還近到不用特地打電話找她。

雪之下不理會陽乃的抱怨，單刀直入地開口要求：

「姐姐，請妳來幫忙。」

她說得相當直接，陽乃的眼神為之一變，閉著嘴巴，冷冷地往下看著雪之下。

不過，雪之下毫不迴避陽乃的視線，還以更強烈的意志瞪回去。

兩人的視線相觸，不發出半點聲音，還帶著刺骨的冰寒，周圍的空氣跟著降到冰點，有如灑了一整片液態氮。

這時，陽乃露出冰一般的微笑。

「喔……好啊。這是妳第一次好好向我拜託，我就接受妳的要求。」

這番高高在上的話聽來充滿慈悲，事實上，我卻感受不到一絲好意。這比無情的拒絕更加傷人。

雪之下聽了，把頭偏向一邊，輕輕笑道：

「『拜託』？妳如果誤會我的意思，我會很困擾。這是校慶執行委員會的命令，妳有好好看過組織圖嗎？請妳認清楚，在職位層級上，現在我的地位比妳高；即使是校外人士，表演團體的代表也有義務提供協助。」

雪之下同樣說得高高在上，語氣中滿是絕對的自信。她明明是提出請求的一方，依然不改自己處於絕對優勢的態度。

我忽地想起半年前的她。

不討好別人，高舉自己認為的「正確信念」，用自己的刀討伐對手——這正是雪之下雪乃。

陽乃「呵呵～」地笑起來，似乎相當愉快。

「那麼，不守義務的人會受到什麼處罰？那沒有什麼強制力吧？就算妳要取消我的表演資格，也已經跟我沒有關係。還是說，妳要去跟老師告狀？」

她宛如在嘲笑雪之下的信念有多幼稚，充其量只是箱庭（註87）裡的正義。但是很遺憾的，這句話非常現實，現實得完全無從反駁。

從原理原則來看，雪之下的論述是最原始的面貌，也是眾人追求的目標。換句話說，我們可以稱那種論述為「理想論」。

這個理想論，無法跟陽乃的現實觀點契合。

糟糕，這樣不太妙，雪之下的形勢有些不利。跟現實主義者對抗，屬於我這種虛無主義者的領域。

在我要開口的那一刻，雪之下察覺到動靜，伸手示意我不用多話。她稍微轉過頭，輕輕對我一笑。

不用擔心，我很堅強——她用笑容這麼暗示我。

註87 在淺箱子裡以樹木、人形、橋梁和建築物等元素，模擬庭園或名勝造景，類似縮小尺寸的模型。

雪之下轉回頭看著陽乃，用更堅定的口吻說：

「的確沒有處罰……不過幫忙的話，會有好處。」

「呵呵，什麼好處？」

陽乃饒富興致地笑道，她美麗又扭曲的笑容散發某種壓力。雪之下無視那股壓力，將手放到自己的胸口。

「這樣一來，我就欠妳一次人情。這代表什麼意思，完全看姐姐怎麼想。」

雪之下堂而皇之的這番話，讓陽乃瞬間停下動作。

「喔……」

陽乃收起臉上的笑容，冷冷地凝視雪之下。

「……雪乃，妳長大了。」

「不……」

這次換雪之下露出微笑。

「一直以來，我都是這個樣子。妳跟我相處了十七年，從來沒有發現嗎？」

「這樣啊……」

陽乃瞇細雙眼，使我無法輕易讀出她在思考什麼。

「哈……」

我不小心發出笑聲。

「……有什麼問題嗎？」

「沒有……」

雪之下不悅地瞪過來，害我又笑一下。

——沒錯，就是這樣，雪之下雪乃正是這樣的人。

陽乃也恢復正常，她盤起雙手的模樣像極了雪之下。

「那麼，妳打算做什麼？」

「爭取時間。」

雪之下回答得很直接，不過這不算是答案。

陽乃不太高興地追問：

「所以，妳打算怎麼做？」

「由我跟姐姐……然後找兩個人，應該會有辦法。可以的話，最好能再多一個。」

雪之下瞄一眼後台的樂器，我便約略明白她在打什麼主意。

「喂，雪之下，妳是認真的嗎？」

這個做法實在出人意料，我甚至懷疑起自己的耳朵。陽乃同樣一眼看穿雪之下的意圖，嘴角揚起興奮的笑容。

「喔～這點子挺有趣的。那麼，妳要表演什麼？」

「要不練習便直接上場，只能選擇大家都會的曲子。之前姐姐在校慶上表演的曲子，現在還記得嗎？」

陽乃回想那一年的表演，哼了一段旋律給我們聽。不愧是雪之下陽乃，光是哼幾個音，便讓大家聽得入神。

「啊～～是那一首！」由比濱也如痴如醉，大表佩服。連我都聽得出來的曲子，她不可能不知道。

陽乃哼完曲子，反過來用挑釁的笑容問雪之下：

「妳以為自己在跟誰說話？倒是妳會不會啊？」

「姐姐做過的事，我十之八九都沒有問題。」

這傢伙……肯定自己偷偷練過。

陽乃點點頭。

「嗯，那麼，再多找一個人就好吧？」

其他人聽了，不約而同地你看我、我看你。

等一下，雪之下剛才明明是說還要兩個人，我聽得很清楚喔！這已經不是算數能力的問題。

這時，旁邊的某人重重地嘆一口氣。

陽乃立刻喊出嘆氣者的名字。

「小靜～」

「……沒辦法，貝斯交給我吧。如果是跟妳表演過的那首曲子，我現在應該還彈得出來。」

經老師這樣一說，我才想起之前暑假見面時，她提過自己被陽乃拉去參加校慶的樂團表演。

接著，陽乃轉身詢問巡學姐。

「巡，妳可以當鍵盤手嗎？」

「沒問題，包在我身上！」

巡學姐雙手握拳，精神飽滿地回答。她欣賞過陽乃的表演，又很習慣出現在眾人前，所以語氣中沒有一點遲疑。

「那麼，只剩一個主唱囉？」

雪之下聽到陽乃的話，面有難色地開口：

「……由比濱同學。」

「耶咦？」

由比濱沒想到自己會被點名，因而大吃一驚，發出奇怪的回答聲。

雪之下向她走近一步。

「這一次，可不可以讓我依賴妳？」

「啊，這個……我不是很有把握……可能沒辦法唱得很好，到時候反而拖累大家的話……」

由比濱戳著手指、別開視線，猶豫地含糊說著。

「不過……」

她緊緊握住雪之下的手，語氣轉為堅定。

「……這一句話，我已經等很久了。」

雪之下也輕輕回握她的手。

「……謝謝妳。」

「嗯……可、可是，歌詞我只記得一點點（註88），不要對我太期待喔！」

「妳連日文的正確念法都不知道，我開始有點擔心……」

「小雪乃，這樣說有點過分耶！」

由比濱把雪之下的手揮來揮去，大聲抗議。雪之下輕輕一笑：

「開玩笑的。到時候唱不出來的話，我會跟妳一起唱。所以，如果妳不介意，請讓我依賴……」

「嗯！」

即使站在燈光昏暗的後台，我也清楚看出雪之下的臉頰紅了起來，由比濱則高興地笑著答應。

看到這一幕，我靜靜走向通往體育館外的後台出口，躡手躡腳地展開行動。

「比企谷同學。」

突然間，背後有人叫住我。

「麻煩你了。」

「自閉男，加油喔！」

---

註88　原文「記得一點點」為「うる覚え」，是日文中常見的錯誤念法。正確為「うろ覚え」。

我沒有回答她們什麼，只是隨意揮一下手，走出後門。

好，接下來的十分鐘是屬於我的時間。

充滿耀眼聚光燈的舞台，不是我應該待的地方。

走出幽暗的出口、進入看不見人影的道路，那才是我的舞台。

那是僅屬於比企谷八幡的舞台。

×　×　×

體育館的出口直接跟校舍相連。

按照往年校慶的慣例，壓軸都是由最有潛力吸引觀眾的團體擔綱。這樣一來，表演一結束便舉行閉幕典禮，即可花最少的力氣，達到集合學生的效果。

因此，到了這個時間，幾乎不會有學生留在校舍內。

閉幕典禮在即，大多數的人當然會選擇去看樂團表演，好好地瘋狂一下。

校舍內人煙稀少，對我來說正好有利，這代表如果還有人在，我從遠處也能立刻發現。對於搜尋相模，這無疑是一大助益。

話雖這麼說，我還是沒辦法尋找太多地方。現在的時間極為有限，頻頻看手錶讓我心神不寧。

我沒有辦法減慢時間流逝的速度。

身體的移動速度也有一定的限度。

此刻，能夠再提升速度的只有思考。

快點想啊！

獨行俠的深度思考能力絕不是蓋的。因為在理論上，這種思考能力應該分配在人際關係上，但是我們得以獨享，不需要分配出去。憑藉這強大的能力，我們可以在接連不斷的內省與反省與後悔與妄想與想像與空想中，歸納出某種思想或哲學。我們將毫不保留地榨乾這批資源，摸索一切的可能性，反證任何想得到的結論，最後予以否定。

要是遇到無法徹底否定的論述，則想盡辦法證明它是對的，如同替自己辯護。批判他人和替自己辯護，正是比企谷八幡的拿手絕活。

不斷反覆這一串流程，答案自然會浮現。

這不是什麼困難的事。

現在的相模，想必是一個人待在某個地方。

那麼，我只要重現她的思路即可。

如果要比獨行俠的等級，我絕對比她高出幾千幾萬級。我的功夫並非三兩天匆匆練成，而是爐火純青的老手。

誠心誠意地建議妳：不要太小看我。

相模應該是一個自我意識強烈的人。一年級時，她跟光鮮亮麗的同學們在一起，久而久之，自然沾染上那樣的環境氛圍和階級習氣。然而，升上二年級後，由於三浦那群人出現，導致她所屬的階級往下降。相模肯定對此感到不是滋味，但是，已經形成的階級意識，也超出她的掌控範圍。

正因為如此，她開始向階級比自己低的人靠攏，好歹要搶到第二大團體首領的角色，事實上，她似乎也成功了。可是，一旦嘗過更高階級生活的滋味，便很難屈就下層生活。

她只能從其他地方尋求滿足。

這時，「校慶」這個機會降臨到她的面前。

如果問校慶執行委員會主任委員這個職位，是否滿足相模的需求，我想答案是肯定的。何況她還是在葉山的推薦下，成為二年F班的執行委員；接下主任委員的職務後，又得到堪稱傳奇的雪之下陽乃的誇讚；而在實際運作的層面，則有雪之下雪乃這個得力助手。

可是，當這一切逐漸脫序、再也無法正常運作時，會發生什麼事？

得不到渴望的事物，並且輸給代替自己的人，會發生什麼事？

她有校慶執行委員的職務在身，難以兼顧班級活動。她為此感到不滿，決定增加幫忙班級活動的時間，結果，執委會裡有人代替她把工作弄得好好的，不，說是辦事效率遠遠超越她都不為過。事情到此尚未結束，連維持她自信的支柱——葉山和陽乃，後來也轉而靠向那位代理人。

這樣一來，相模的尊嚴、自尊心、自我意識將會如何？

我可以深切體會她的懊惱。

每個人都經歷過這樣的過程。

相模，妳還太嫩了，我早已接受過這個歷程的洗禮。

這跟我蹺課不去學校，獨自在路上閒晃，結果被人發現向學校通報的經歷，如出一轍。

自我意識膨脹到臨界點，最後爆發，然後渴望別人看見那樣的自己──現在的相模正是當時的我。

因此，我很瞭解。

我很瞭解她想做什麼，又希望別人怎麼做。

不僅如此，我還瞭解她不希望別人怎麼做。

相模，妳遠遠落後我五年。

這種經歷，我早在小學階段便體驗過。

我可以猜到她會去的地方。

失去容身之處者所希望的，是讓別人為自己找出容身之處。既然自己的雙眼無法找出答案，只能請人指引出答案。

我接下來要做的，是把可能的地方放入腦海中的地圖過濾。

相模希望大家到處奔波，把自己找出來，所以一定還在校內，而且會在很醒目的地方。照這樣推論，她不會躲在某間空教室，或是把自己鎖進什麼地方。

還有一點，她應該會選擇可以獨處的地方。要是混在一群人之中，大家可是會真的找不到她。既然相模已經認清自己沒有價值，自然會明白處在人群裡的話，將使自己更沒有存在感。

現在可以歸納出，相模不會在用正常方法去不了的地方；再從心理層面思考，她不會在距離這裡太遠的地方。

好，現在的問題是，她究竟會在哪裡？

目前仍有過多可能的答案，我還需要更多立證、反證用的資訊。

說到自我意識爆發，除了我自己，還有另一個活生生的案例。

我拿出手機，尋找腦海浮現的人選。

直接開啟最後的通話記錄即可找到人，哀哉，比企谷！

『是我。』

NO CALL NO TIME（註89），鈴聲幾乎沒響便接通，材木座真不簡單。他果然找不到事情可做，只好玩起手機。儘管我很想讚許他，無奈現在時間緊迫，所以我直接切入正題。

「材木座，你平常一個人在學校裡的時候，都會去什麼地方？」

『怎麼劈頭就問我這種問題？咳嗯，我總是把自己切換至休眠模式。』

註89 改自壁井ユカコ的小說《NO CALL NO LIFE》。

「快點回答，我在趕時間！」

『……你是認真的嗎？』

「嘖，我要掛電話囉。」

『等一下等一下等一下拜託不要掛！保健室或陽台，圖書館也很常去！還有特別大樓的屋頂！』

保健室裡有其他人，陽台則是全部班級共用，圖書館已經上鎖，不可能進到裡面……所以，會在特別大樓的屋頂嗎……

『至於其他沒有人的地方，還包括新大樓跟社團大樓間的空地。那裡晒不到太陽，涼爽又安靜，要想聚精會神是最適合的場所……對了，你在找什麼人嗎？』

「是啊，我在找執委會主委。」

『喔，是早上在台上致詞的那個女性嗎？看來我的力量要派上用場了……』

「你願意幫忙嗎？」

『真沒辦法。你要我找哪裡？』

「新大樓那裡拜託你。謝啦！愛你喔，材木座！」

『嗯，我也愛你喔！』

「噁心死了！住口！」

我怒掛電話。

如果是在屋頂，我想到一個可能性。

我全速往自己的教室衝刺。在沒有什麼人的走廊上奔跑，過癮度不下於操場。

不過，走廊上沒有什麼人，也代表我要找的人物不在的可能性增加。

拜託，一定要在啊……我一邊祈禱一邊奔上樓梯，結果幸運的事情發生了，就在教室門口前，有個人坐在摺疊椅上。

留著一頭黑中帶青的長髮、綁著馬尾的少女，正擺著臭臉翹起長腿，慵懶地從走廊窗戶望向外面。

我盡可能調整紊亂的呼吸，對她開口。

「川崎……」

「為什麼喘成那樣……你不是有執委會的工作嗎？」

現在不是跟她解釋這些的時候。

「妳之前去過屋頂對吧？」

「啊？突然問這個做什麼？」

「快告訴我！」

時間已經非常緊迫，我急得像熱鍋上的螞蟻，口氣跟著急躁起來。

「用、用不著那麼生氣吧……」

川崎突然變得不知所措，眼眶幾乎要泛出淚水。

我緩緩吐出一口氣，讓自己恢復平靜。

「我沒有在生氣，現在正是為了執委會的事情在趕時間。」

「那、那就好……」

川崎鬆一口氣。原來她這麼軟弱，真是想不到……啊，不對不對，要趕快問她屋頂的事。

「好啦，之前妳不是去過屋頂嗎？那裡要怎麼上去？」

「你記得真清楚……」

她害羞地看我，輕聲低喃，語氣中帶有懷念。

不是說老子在趕時間嗎——這句話大概反映在我的表情上，她連忙回到原本的話題。

「是、是從中央樓梯上到屋頂的門。那裡的鎖是壞的，不少女生都知道。」

原來如此……那麼，如果相模知道這一點，也非常理所當然。而且，這符合「其他人同樣知道」的條件。

不管怎樣，現在已經沒有時間猶豫，校舍屋頂正是相模最有可能去的地方。

「那裡怎麼了嗎？」

川崎回答後，見我沉默下來，疑惑地問道。不過在跟她解釋之前，我的腳便已先動作。

等一下，不管再怎麼趕時間，總該跟對方道謝。

「多謝啦！愛妳喔，川崎！」

我拋下這句話，全速衝刺。

轉過轉角時，後面傳來一陣高分貝的尖叫。

× × ×

通往屋頂的樓梯被大家用來放置校慶活動的道具，所以我沒有辦法輕輕鬆鬆爬上去，好在其間留有供人通行的縫隙。

狹窄的縫隙八成就是相模走過的路。隨著我逐步拾級而上，她在屋頂的感覺也更強烈。

相模一定很希望像雪之下和由比濱那樣，受到大家認同、追求與依賴。

因此，她很快地為自己加上頭銜。

她想透過「主任委員」的標籤，使自己變得更有價值，藉以給其他人貼標籤、對他們頤指氣使，確認自己優越的地位。

相模口中的「成長」，正是這樣的事物。

然而，真正的成長根本不是如此。

少把家家酒程度的改變說是什麼「成長」好欺騙自己。

我才不會把安逸的改變，和妥協到最後所剩下不成原樣的東西稱之為「成長」，也不願將看開一切後的末路說成「長大成人」自我欺騙。

人們怎麼可能在一朝一夕或是短短幾個月內產生戲劇性的改變？這又不是在演

變形金剛。

要是想變成什麼樣子，便能變成什麼樣子，現在的我才不會是這樣。

要別人改變、要自己改變，非改變不可、真的改變了——通通都是謊言。

為什麼大家總是那麼輕易地接受自己是錯的？為什麼要否定過去的自己？為什麼不能認同此時此刻的自己？為什麼如果是未來的自己又值得去相信？

既然無法認同過去最差勁的自己，也無法認同現在處於最底層的自己，難道有資格在未來的某一天認同其他人？否定在此之前的自己，難道還有辦法肯定將來的自己？

不要以為抹消過去、重新來過，即可產生什麼改變。

自始至終執著於頭銜，催眠自己受到眾人認同，陶醉在當下的境遇，口口聲聲說自己是重要人物，受限於自我設下的規則，一旦沒人提點便覺得自己的世界好像失落了一般——少把那些狀態跟成長畫上等號！

根本不需要改變，維持現在的自己即可——為什麼這樣的話，就是說不出口？

越接近樓梯盡頭，堆放的道具和材料就越來越少。

終於來到空曠的平台。

這扇門的另一端，只有死路一條。

躲貓貓結束了。

× × ×

如同川崎所說，這裡的鎖是壞的。我拿起門上的掛鎖撥弄一下。如果把鎖扣上，外表的確很像上了鎖，但只要用力扯一下，便能立刻鬆開，由此可見要闖到屋頂上，根本不是什麼難事。

我打開年代有些久遠、已經關不太緊的門扉，發出響亮的「嘰」一聲。

一陣風吹過，藍天在我眼前擴展開來。

來到校舍最高處，跟天空的距離應該更近才是，不過由於附近沒有可供對照的東西，我反而覺得天空比平時還遙遠。

相模靠在圍欄上看向我。

她先是面露驚訝，接著立刻失望。

是啊，她當然會失望，因為她希望來找她的人不是我。倒不如說，她可能還不希望我來。

未能符合她的期待，我的心裡有些不好意思，但我也完全不想來這種地方帶她回去，所以算是彼此彼此。請妳饒了我可以嗎？

總之，現在我跟相模是半斤八兩。

因此，我可以用同等的立場對相模說話。

「閉幕典禮要開始了，回去吧。」

我簡單扼要地說出重點。

相模不悅地皺起眉毛。

「我不參加也沒有什麼關係。」

她說完，轉過身背對著我，這大概是「我不想再聽你說話」的意思。

「但是很可惜，基於一些因素，妳非去不可。已經沒時間了，妳最好趕快過去。」

這不是要吹噓，連我都覺得自己說服別人的功力有夠差勁。

但我好歹先在腦袋中挑選過字句，刻意避開相模希望聽到的話。

「沒時間……閉幕典禮不是開始了嗎？」

看來她也知道事態的嚴重性，這讓我有些生氣。

「是啊，本來是這樣沒錯，不過他們多少拖延了一點時間，所以──」

「喔……那麼，是誰幫忙的？」

「嗯，這個嘛，三浦跟雪之下等一群人。」

話是這麼說，但是從現在的時間看來，三浦那一組大概已經結束表演，換成雪之下她們準備上場。

相模聽了，用力握住圍欄。

「這樣啊……」

「懂了的話就快回去。」

「那麼，交給雪之下不是也可以嗎？反正她那麼萬能。」

「啥？根本不是那個問題好不好，妳要上去公布票選結果之類的一堆東西耶。」

果然跟事前預料的一樣，相模難搞得要命，我逐漸失去耐性。現在根本不是在這裡浪費時間的時候。

「要計票結果的話，你們可以自己重算一次啊。只要大家一起算……」

「辦不到，都什麼時候了，哪有人有那種閒時間。」

「不然，你把這張結果帶走總可以吧！」

她激動地把計票結果塞到我面前，圍欄跟著晃動一下。

有那麼一瞬間，我腦中真的閃過拿了那張紙立刻離開的念頭。

可是，我不能這麼做。

雪之下——不，侍奉社接受的委託，是協助相模南處理校慶執行委員會主委的工作。換言之，即為督促她達成主任委員應有的責任。

若不是這個委託，現在我根本不會出現在這裡，雪之下也不會成為副主委。相模放棄這個委託的話，便是否定雪之下雪乃所做的一切。

因此，現在我必須做的，是讓相模南出席閉幕典禮，以主任委員的身分站上舞台，賦予她身為主任委員的榮耀，還有當上主任委員的後悔與挫折。

那麼，我該怎麼做？

其實，只要由相模希望來到此處的人，對相模說出她想聽的話，一切自然能解決。

但是很可惜，那種事情我辦不到。

不論我繼續在這裡跟相模耗多久，她都不可能改變心意。是否要通知其他人，請他們過來？如果是，又要找哪一些人？在我手機聯絡得上的名單中，由比濱跟平塚老師正在台上表演；至於戶塚跟材木座，我想即使他們來了也不會有什麼改變。

萬萬想不到，我孤傲的個性竟然在這種場合反將自己一軍。

難道沒有其他辦法嗎……

我感到焦躁與不耐，雙手不知不覺握緊拳頭。

這時，大門又發出「嘰」一聲響亮的聲音。

我轉過頭，相模大概也看過去。

「原來妳在這裡……我們找了好久。」

走出門口的是葉山隼人。他背後還有那兩個跟相模很要好的執行委員，看來是葉山拉她們一起過來的。

「葉山……還有妳們……」

相模叫出他的名字，稍微別開視線。她原本期望的發展，想必是這樣才對。

葉山也回應她的期望，一步步走過來。

「大家一直聯絡不到妳，都很擔心。我們到處打聽，才有一個一年級學生說看到妳爬上這裡的樓梯。」

葉山運用自己的人脈，掌握蛛絲馬跡，好不容易找到這裡。這一點我只有佩服的份。

雖然葉山辛辛苦苦找到這個地方，相模的態度仍然沒有鬆動。

「對不起，但是我……」

「快點回去吧，大家都在等妳喔。」

「對啊！」

「我們都很擔心妳。」

葉山也很清楚時間已所剩無幾，真心誠意地說出相模想聽的話，努力說服她。

三個人對相模好言相勸，她的態度終於軟化。相模握住朋友們的手，感受彼此的溫暖。

然而，這樣還不夠。

「不過，就算我現在回去……」

「不會的，大家都在等妳。」

「我們走吧。」

葉山在旁聽著她們的對話，同時快速瞄一眼手錶。他一定很焦急。

「是啊，大家都為了妳而努力著。」

儘管稱不上是大絕招，葉山還是擠出各種字句試著說服相模。

「可是，我造成這麼大的困擾，哪裡有臉回去面對大家……」

在朋友的圍繞下，相模紅了眼眶，開始抽泣。其他人又是一番好言相勸，但是，她始終不肯挪動雙腿，唯有時鐘上的指針繼續走動。

即使是葉山過來，也改變不了結果嗎？

滴答、滴答……秒針開始倒數計時。

最後的時限已經迫在眉睫。

如果要用最快、最簡便的方式讓相模離開這裡，要怎麼做才好？

強行帶走？

不可能。

現場只有我跟葉山的話，或許不失為一個辦法，但是現在還有兩個女生，她們絕對會制止我們。那樣做只會浪費更多時間。

而且，那不是雪之下希望見到的解決方式。最低限度的要求，是讓相模以自己的意志，主動離開這個地方。

雪之下已經貫徹自己的作風，堂堂正正面對挑戰，執著於自己的尊嚴，並且將實力完全發揮出來。

那麼，我呢？

我當然也要貫徹自己的作風。

光明正大、當著對方的面，用最卑躬、最差勁、最低賤的手段……

要怎麼做，才能跟相模好好溝通？

同樣落在最底層的人，只有兩種溝通方式。

一為互舔傷口，一為踢落對方。

答案已經相當明顯。

我看著相模和葉山。

葉山仍舊溫柔地鼓勵相模，想辦法至少讓她移動一步。

「不需要擔心，我們回去吧。」

「我好差勁……」

相模厭惡起自己，再度停在原處不動。

好，機會來了。真是的，我為什麼永遠只想得到這種事？我真的開始討厭起這樣的自己，但又意外地不討厭這樣的自己。

「唉……」我深深嘆一口夾雜焦躁的氣，「妳的確是最差勁的人。」

其他人聽到這句話，全都停下腳步也不再說話。

四個人一起看過來。

現在有四名觀眾。

這無疑是我最好的舞台。

「相模，其實妳只是想被討好罷了。妳希望大家注意到妳，才做出這種事對不對？即使是現在，妳也不過是想聽別人對妳說『沒有這種事』。妳真的是最差勁的人，得不到主委應有的待遇，只是剛好而已。」

「你說什麼……」

我硬生生地打斷相模顫抖的話語。

「連我這種根本不瞭解妳的人都看得出來，其他人八成也注意到了。」

「不要把我跟你這種人相提並論……」

「但妳的確跟我一樣，都是最底層世界的人。」

相模眼中的淚水早已不在，取而代之的是熊熊燃燒的憎惡之火。

我謹慎地挑選字句，不給她反駁的機會。截至剛才說的話，都是我主觀看見的事實，這只能達到激怒相模的效果。

「妳自己動腦想想看，我對妳根本沒有興趣，卻第一個找到妳。」

唯有客觀陳述事實，才能改變事態。

「換句話說……其他人根本沒有認真在找妳。」

相模臉色大變，先前的憤怒和憎惡消失無蹤，表情因為驚愕和絕望而扭曲。她無法宣洩心裡複雜的情感，只能痛苦地緊咬嘴脣。

「妳其實也很清楚吧，自己只有那點程度——」

我說到一半，喉嚨突然發出「咕」的一聲，再也說不下去。

「比企谷，稍微給我閉嘴。」

葉山用右手抓住我的胸膛，把我壓到牆上，背後傳來的強力衝擊擠出我肺部的空氣。

「……呵。」

我勉強擠出笑容，掩飾口中吐出的氣。葉山緊緊揪著我的領口，拳頭還不斷顫抖。他為了讓自己鎮定下來，輕輕吸一口氣，再大口呼出來。

我們瞪視彼此數秒。

降到冰點的氣氛彷彿一觸即發，僵在一旁的三個女生緊張地過來制止。

「葉山，不要這樣，已經夠了！不要理那種人，我們趕快走吧。好不好？」

相模將手掌放到葉山的背上，她的舉動讓葉山大大呼出一口氣，甩開抓著我的手。

「……妳們快走。」

他用冷靜的聲音催促相模等人。

兩個女同學簇擁著相模，護送她離開現場。那兩個同學故意大聲對話……

「相模，妳還好嗎？」

「總之，我們趕快走。」

「那個男的是誰啊？太過分了吧。」

「不認識。他是怎樣？」

三個人的身影消失後，葉山最後關上大門。

「為什麼，你只會用那種方法……」

葉山這句話有如對他自己的低喃，但是聽在我耳裡卻字字刺痛。

屋頂上獨留下我自己，我把背貼上牆壁，緩緩滑坐在地。

天空好高。

葉山，好在你果然很帥氣，而且是個好人。

剛才沒有生氣的話，便不是葉山隼人。

葉山，好在你無法容忍別人在自己面前受到傷害，也無法容忍傷害別人的人。

你看，不是很簡單嗎？這樣一來，便完成「沒有人受傷的世界」。

他說的或許沒錯，這種做法可能真的不對。

然而，現在的我只知道這種做法。

話雖如此，我也覺得，自己總有一天會改變。

那一天早晚會來臨，我終將受到改變。

到那時候，不管我抱持一顆什麼樣的心，其他人看待我、評價我的方式一定會改變。

既然萬物持續流轉、世界不停變化，我所處的周遭環境、評價基準也將變動和扭曲，使我的存在跟著變動。

所以……

——所以，我不會改變。

「唉……」

我嘆一口很深很深的氣。

……閉幕典禮差不多要開始了。

我傳一封簡訊給材木座，簡短通知「已解決」，然後勉強撐起沉重的軀體，離開校舍屋頂。

× × ×

我不自覺地加快腳步，返回體育館。

這跟幾分鐘前發生的事情無關。老實說，不管相模遇到什麼事，我真的一點都不在乎。

只是因為走廊上人們的視線和心思，全部被體育館吸引過去。

沉重的低音傳至走廊，讓學生和訪客們開始找起聲音的來源，接著有如被釣上鉤似的，自動往體育館踏出腳步。

這股貼地潛行的低音幾乎傳遍整棟校舍，想必是由貝斯跟低音鼓發出的。

我的腹部底層跟著感受到晃動，看來那不只來自樂器的震撼。

另外還有觀眾的歡呼。

眾人一起拍手踏腳，奏出充滿生命力的節奏。

樂器的震動和人心的鼓動，在校園內打響節拍。

現在還留在校舍的人已經不多。

大部分的學生和老師都聚集在體育館，準備迎接閉幕典禮。

我伸手打開體育館的門，這一瞬間，洪水般的音樂與燈光立刻奔流出來。探照燈的光束興奮地四處照射，頭頂上的迪斯可球恣意射出耀眼的光芒。

我在光之漩渦中看見那群女生。

貝斯飢餓地嘶吼著貪慾。

鼓聲隨興跳躍，藉以顯示自己的存在。

在各自盡情發揮的伴奏中，吉他用精準嚴謹的撥弦掌控整首樂曲，達到牽制效果。

最後，是輕盈明亮的歌聲。主唱不時地跳上跳下，但還是確實唱出每一個音符、每一句歌詞。

吉他手往舞台中央靠近一步，跟主唱站在一起。她們穿著不知何時換上的同款式T恤，彼此依靠著共同唱出歌曲。

在場的觀眾中，有人前後擺動手臂，有人搖頭晃腦；有人左右揮舞發出淡淡光亮的手機，像一片海百合；還有人太過興奮，從上方跳進觀眾群中，讓大家抬起來。

這種職業級般的水準……不，正因為是業餘表演，才能造成這樣的狂熱。

鼓手發出戰帖加快速度，吉他也接受挑戰，跟著大力撥響琴弦。正當旋律即將瓦解之際，貝斯及時用擊弦（註90）發出喝斥。

註90 slapping，一種彈奏方式。

接著，主唱伸出雙手引吭高歌，宛如將一切擁抱入懷。

在歌曲之間，主唱跟台下的觀眾玩起互動，一下子帶領大家歡呼，一下子從右邊跑向左邊玩波浪舞。台下發出各種顏色的螢光棒，像極了數不清的閃耀星星。

此時此刻，黑暗中的所有人融為一體。

沒有任何人注意到我走進來。

當然，在舞台上表演的人更不可能發現。

在讓人煩躁的熱氣中，我獨自靠上牆壁。

每個人都拚命擠到舞台前，所以後方的空間變得寬廣，我的附近半個人都沒有。

這是漫長校慶的最後一個節目，一切終於要畫下句點。

啊，對喔，我可是記錄雜務組的，至少要記下來才行。

我大概不會忘記這片光景，而且忘不了。

雖然我不在那個光鮮亮麗的舞台上。

雖然我沒有跟滿場激動的觀眾擠在一起。

雖然我只是獨自待在最後方，默默看著這一切。

但是，我絕對不會忘記。

# 10

## 他跟她終於找出正確的答案

閉幕典禮順利地進行。

只不過，相模的致詞仍舊慘不忍睹。

不用想也知道，她一定頻頻吃螺絲，但是更慘的在於她還脫稿演出，甚至忘記宣布優勝團體。

每當相模致詞發生狀況，雪之下都冷靜地送上講稿。

最後，她終於控制不住淚水。

在台下學生的眼中，那或許是感動的淚水，大家主動為她打氣，高喊「加油」、「太棒了」、「謝謝妳」。

她這時候的淚水，我完全不認為是出於感動。那想必是體認到自己有多沒用，哀怨為什麼會演變到如此地步而流下悔恨的淚水。

不過，她結束致詞和總評後流下的淚水，應該就是貨真價實的感動眼淚。

心情跌落谷底之際，聽到大家的打氣與鼓勵，比什麼都還教人感動。雖然讓她的心情跌落谷底的正是我自己，關於這部分，我個人感到相當過意不去。

相模走下舞台回到後台時，臉上的妝早已哭花，而且似乎非常疲憊。她像是好不容易跑到終點的馬拉松選手，親朋好友們立刻上前迎接。

「妳還好吧？」

「要不是那個男的說那種話，才不會變成這樣。」

「也難怪妳會失常～」

看來我做的事情已經以極快的速度傳遍四方，執行委員們個個投來不友善的視線。

而且，不僅是執行委員會的成員，二年F班的同學似乎也都知情，大家看到我紛紛交頭接耳。

我感覺自己的背後彷彿插滿箭。

在一片窸窸窣窣中，我還聽到幾個熟悉的聲音。

「對唄?比企鵝真的超過分喔，暑假露營時也是那樣！」

戶部，你這個傢伙……

「……唉，他的嘴巴的確滿壞的。不過，如果跟他好好說話，其實他也不是那樣。」

「隼人真是好人……」

「葉山在幫比企鵝同學說話……昨天的敵人果然是今天的同志……嗚咳！」

「啊，海老名！不是叫妳裝一下樣子嗎？看吧，又流鼻血了。快一點，鼻子用力吐氣！」

由比濱從頭苦笑到尾，戶塚一臉擔憂地看向我。

我回以戶塚微笑，告訴他這點小事根本不算什麼，同時目送班上同學離去。

所有學生都離開體育館，但執行委員會的工作還沒結束。

接下來還有收拾舞台、後台、音響、投影器材等的善後工作要忙。今天的最後一項任務，由全體執行委員一起進行。根據我從旁觀察，大家現在的確很像一個團隊。不過我自己也是執行委員，說「從旁觀察」感覺有點奇怪。

「喂，全體委員集合！」

善後工作差不多告一段落，管理校慶活動的體育老師厚木高聲一呼，所有人聚集到他的面前。

「各位，雖然還有一些事情沒處理完，在這還是先說聲辛苦了。在我看過的校慶活動中，今年算是辦得很成功。之後要辦慶功宴的話，記得別玩得太瘋而惹出什麼麻煩啊！那麼再見啦～」

老師集合大家時喊得那麼有氣勢，對我們說的話倒是很體貼。

現場響起一片歡呼與掌聲，大家互道「辛苦了」，感謝彼此的努力，所有人抱成一團，沉浸在結束前最後的感動中。

巡學姐輕推一把站在一旁的相模。

「來，主任委員。」

「咦？可是我……」

學姐大概是要她對大家說些什麼，相模瞭解到這一點，猶豫著不敢往前。她一接下主委的工作便先跌跤，中期把委員會弄得一團亂，後期直接撒手不管，連最後都沒能好好收尾，所以會猶豫也可以理解。

「妳是主任委員沒錯吧？」

雪之下冷淡地告訴她這項事實。相模已經嘗到主委必須承擔的挫折和後悔，所以也有資格接受榮耀和讚美。

「……嗯。」

她咬緊牙關，輕輕點頭。

「嗯……非常對不起，帶給各位這麼多困擾。今年校慶能夠順利結束，真是太好了……真的很謝謝各位，辛苦了。」

「辛苦了！」

全體委員整齊地敬最後一次禮便解散。女生們興奮地彼此擁抱，男生們也互相擊掌，相模則向雪之下輕輕行禮。

終於結束了……

我脫離執行委員的圈子，長長嘆一口氣。

大家走回教室的路上，愉快地討論今天晚上的慶功宴，但我八成不會受到邀請。就算有人出於溫柔，認為不應該冷落任何一個人，基於形式還是前來邀請，我到了那裡，照樣只能吃東西，其他也沒有什麼事可做……

強烈的倦意湧上來，使我的每一步走得沉重。

其他人接連不斷地超越我。

相模和她的朋友經過我身邊時，瞬間中斷對話，眼睛牢牢盯著前方，說什麼都不肯看我一眼。

相模，妳還是太嫩了。真正的無視，必須連自己都不知道無視了別人。

我在人群中看見巡學姐。

巡學姐也注意到我而走過來。

「……辛苦了。」

「辛苦了。」

她面對我的表情很陰沉。

「你果然一點都不正經，而且很差勁。」

巡學姐也從相模或她朋友口中，得知事情的經過嗎？算了，就算不是如此，巡學姐本來便不可能對我有多好的印象，所以聽到她這麼說，我沒辦法反駁什麼，唯一能做的只有道歉。

「對不起……」

「……不過，我很高興。最後能有一場圓滿的校慶，真是太好了。謝謝你。」

巡學姐的嘴角泛起溫暖的笑容，對我揮手道別後，逕自離去。

這是她在高中參加的最後一次校慶，以學生會長的立場而言，確實有一些不能讓步之處。雖然如此，至少對外沒發生什麼大問題，即算是好事。

我稍微感到一點救贖。

「這樣沒關係嗎？」

對於背後某人提出的問題，我的答案非常明顯。

「嗯，這樣已經足夠。」

「這樣嗎……」

誤會是解不開的，但我們可以拋出新的問題。雖然透過再一次確認，得到的答案不見得正確，但至少那是我喜歡的答案。所以，這樣便很足夠。

我稍微放慢腳步。

人潮幾乎散光的體育館內，間隔相等的腳步聲逐漸接近。

雪之下雪乃走到我身旁。

「……你真的不管是誰，都會拯救。」

「啥？」

我聽不懂那句話的意思，又問一次。

「按照常理思考，相模同學丟下自己的責任，選擇逃避不面對，這明明是不能原諒的事。但是她回來時，卻變成被無心之言刺傷的受害者，不只是她的朋友，連葉山同學都這麼作證，她完全成了被害的一方。」

「那是妳想太多，我根本沒有幫她考慮到那麼遠。」

「是嗎？不過結果正是如此，所以說是你救了她也不為過。」

不，不是這樣。這沒有什麼好認同的，不該容許或稱讚，甚至應該受到譴責和非難。

走到體育館出口時，我總算想到可以怎麼回應。

「就算真是這樣，但當時沒有葉山在場的話，之後的一切也不會發生，因此不能說是我的功勞。」

雪之下聞言，不高興地抿起嘴巴。

「又來了，何必這麼謙虛～」

這句話的聲音突然有點不像她。

我看向雪之下，她搖搖頭表示自己沒有說話。過了幾秒鐘，她才驚覺：

「……姐姐，妳怎麼還在？快點回去好不好？」

雪之下陽乃和平塚老師從體育館的門口旁出現。

平塚老師一手拿著香菸，陽乃也換回平時的服裝、收拾完物品，已做好回家的準備，似乎正在門口跟老師閒聊。

陽乃拍拍我的肩膀。

「哎呀～比企谷，你真是超棒的！大家在傳的消息我都聽到囉！我很欣賞你在屋頂上的表現～這樣的人配雪乃，感覺有點浪費。」

「跟妳在這裡說話才是真正在浪費時間，趕快回去。」

雪之下果然不是省油的燈，如此回敬陽乃。陽乃誇張地擺出受傷的表情。

「雪乃，妳好無情……我們明明是一起表演的同伴，還是要好的姐妹……」

這句話觸到雪之下的神經，她揚起眉毛生氣地說：

「還真敢說。妳以為自己在台上那麼亂來，是誰在配合妳？」

「不覺得很好嗎？反正現場那麼high。對不對，比企谷？」

「嗯，觀眾的確超激動的。」

她聽我這麼說，連眨好幾下眼。

「……你也在看？」

雪之下大概以為我當時不在場。我回到體育館時，表演已接近尾聲，她沒有發現我是很正常的。更何況，從舞台上根本看不清楚台下的觀眾。

「只看到最後面……不過表演得很好啊，我……很佩服。」

她們的表演應該有很多地方可以稱讚，可惜我想不出要如何表達，結果只擠出一點這種幼稚的感想。

她聽了我一點也不專業的感想，把臉別到一邊。

「謝……啊，但是那種表演距離完美還很遙遠，光是我自己就不只彈錯一次兩次，還彈得亂七八糟。當時是因為觀眾都很熱情，我才有辦法蒙混過去，如果靜下心仔細聽，那種音樂只會傷害耳朵。缺乏練習固然是很大的因素，不過真正的原因在於事前討論不夠充分，沒有達成共識……話雖如此，負責主旋律的我沒有扮演好領頭的角色，結果……」

「哇～害羞了害羞了～雪乃好可愛喔～」

陽乃出言打岔，雪之下輕咳一聲，狠狠瞪她一眼。

「……姐姐，妳還不趕快回去？」

「好好好，我這就回去。那麼再見囉，我玩得很高興！如果把今天發生的事情說給媽媽聽，她一定會嚇一跳……對吧？」

面對陽乃試探般的笑容，雪之下的表情瞬間僵硬。陽乃看到這一幕，轉身踏出腳步。我不知道雪之下怎麼看待最後那句話，真要說的話，我到現在仍然對她們之間的事情一無所知。

陽乃走遠後，平塚老師拉起袖子看看手錶。

「……班會要開始了，你們也快點回教室。」

「是，那我走了。」

雪之下恢復正常，向平塚老師輕輕鞠躬道別，走回自己的教室。我跟著行動。

「那麼，我也走了。」

「比企谷……」

這時，老師用沉重的聲音叫住我。

我回過頭，看見她無奈地笑著。

「該怎麼說呢……從決定校慶的標語，到剛才相模的事情，以結果而言，你其實都盡了很大的力。執行委員會因為你而開始正常運作，然後，今天你又成為相模的代罪羔羊。」

老師說到這裡暫時打住，為下一句話做準備。這個準備不是為了老師自己，而是為了我。

「可是，我實在無法好好稱讚你。」

老師將手伸向我的臉頰，輕輕貼上，讓我無法別開視線。

「比企谷，幫助其他人不能當做傷害自己的理由。」

鼻腔內是淡淡的香菸味，臉上是難以想像為同一個人的溫柔指尖。她潮溼的雙眼，有如看透我的內心。

「不，這種程度不至於讓我受傷……」

「……就算你已經習慣那種痛也一樣。過了這麼久，你總該明白有些人看到你受傷，一樣會覺得心痛。」

她拍一下我的肩膀。

「說教時間結束，快回去教室。」

「嗯……」

我含糊地應聲，往自己的教室走去。

直到轉過轉角，我仍然感覺那一道溫柔的視線仍在背後目送我。

× × ×

校慶的熱鬧氣氛尚未退去，教室裡一片鬧哄哄。

放學前的班會其實只是形式，班長發表最後的結語後，大家開始討論慶功事宜。於是，接下來的事情跟我都不再有關。我甚至感受到無聲的壓力，暗示我「你最好別來」。

要是等一下有誰出於同情前來邀約，我也不忍心拒絕對方，所以我迅速收拾好書包，離開教室。

等等，說到這個，不知道相模會參加班上還是執委會辦的慶功宴？我突然在意起這個問題。

走在走廊上，還能看到各班同學燃燒友情跟熱情後留下的殘骸。

明天是星期天，不用來學校上課，後天星期一是校慶補假，星期二整個上午則是各班的收拾善後時間。在善後工作完成前，那些殘骸會一直留在原處，成為校慶遺蹟供人追憶吧。一切結束後，我們又將邁出腳步，進入另一個全新的青春盛典。

校慶執行委員會這個擋箭牌的效力只到今天，星期二上午的善後工程，我大概

也得乖乖參加。

……雖已卸下執行委員的身分，後續還是有一些雜務要處理。

我重新背好肩膀上的書包。

書包裡塞著記錄雜務組的工作，亦即撰寫正式報告書所需的記錄資料。我的最後一項任務，是彙整其他組員寫的記錄，寫成正式的報告書。在打開電腦敲鍵盤之前，我必須先過濾每個人的記錄內容，擬出整理好的大綱。

如果把工作帶回家，我敢說自己會把東西扔到一邊，直接呼呼大睡；若要去家庭餐廳，星期六又有滿滿的人潮，還可能遇到在那裡打發時間、等著參加慶功宴的同學，所以我不想在那種地方寫報告。

結果，我自然而然前去一個不受干擾、可以集中精神的場所。

走在特別大樓的走廊上，我感覺到氣溫降下來，秋天的氣息越來越濃。

穿過這條走廊前往社辦的日子，已經持續半年了。

我來到侍奉社的社辦前，正要轉動門把時，才想起自己忘記先去拿鑰匙。一直以來，總是有人比我早到，所以我從來沒有想過鑰匙的問題，唯獨今天，那個人不一定會來社辦。

我打消念頭，放開門把，準備轉身離去——

嗯？奇怪，門好像沒有鎖。

我用力轉動門把。

這裡仍是一間普通的教室，跟校慶前沒有什麼不同。

之所以會感到某種不尋常，八成是坐在裡面的少女的關係。

西沉的夕陽照耀下，她靜靜地振筆疾書。

眼前的光景有如一幅畫，我甚至產生一種錯覺：即使整個世界毀滅殆盡，她一定仍會維持這個樣子。

看到這一幕，我的身體跟精神都停止運作。

——我不自覺地看得出神。

雪之下注意到我愣在門口不動，停下手邊的工作，將筆置於桌上。

「哎呀，歡迎，全校最被討厭的人。」

「妳是想跟我吵架嗎……」

「慶功宴怎麼了？為什麼你沒有去？」

「答案不是很明顯嗎？不要故意問得那麼仔細。」

我用這句話代替回答，雪之下愉快地泛起微笑，然後帶著那可愛的笑容，問出更傷人的問題。

「成為真正討厭鬼的感想為何？」

「呵，大家認同我的存在，不是好事一樁嗎？」

雪之下聽了，狀似頭痛地按住太陽穴嘆一口氣。

「我應該感到驚訝還是無奈……你果然是個怪人，雖然我不討厭你肯定自己軟弱的部分。」

「是啊，我不但不討厭，還很喜歡這樣的自己。」

耶~比企谷最棒了！就算惹人嫌，還是會乖乖把事情做好，這樣的自己真是酷斃了——如果不這樣激勵自己，我的心一定會很受傷。

我從書包拿出記錄，開始彙整。自己來到社辦是要做什麼，差一點便被拋到腦後。

等等，那雪之下為什麼在這裡？

「對了，妳在這裡做什麼？」

「文理科的意願調查表得趕快交出去。我之前一直忙著準備校慶，根本沒有時間處理這件事，現在終於可以好好寫。」

雪之下回答後，再度提起筆，但她遲遲沒有繼續寫，而是問我同樣的問題。

「你又是來做什麼？」

「我想找一個安靜、可以集中精神的地方彙整報告。」

我一邊忙自己的事一邊回答，雪之下則凝視著我的手邊。

「喔……看來我們想的都一樣。」

「畢竟也沒有多少地方可選，這是獨行俠趨同演化（註91）的結果，根本不是因為我跟妳一樣。」

註91　兩種親緣關係很遠的動物，因為長期生活在相似的環境，發展出外型和功能相似的器官。

我跟雪之下不約而同來到這裡，只是為了找一個安靜的地方。既然我們的活動範圍不大，生活圈也大致相同，所以剛好出現這種巧合。事實上，我們住的地方相隔不算遠，但平常在路上幾乎不曾碰過面，現在是因為在校園內，才會像這樣見面。如此而已。

儘管同樣屬於獨來獨往的類型，我們兩人卻可說是天差地遠。

——沒錯，我跟她一點也不相似。

或許正是這個緣故，我才覺得每次跟她對話都很有新鮮感，聊起來也很暢快。我的體內彷彿還留有慶典的餘溫。藉由再次確認、重新得到的答案，早已導引出明確的結論。

那麼……

那麼，我跟她……

「我說……雪之下，要不要跟我——」

「抱歉，那不可能。」

「唔啊～～我還沒說完耶！」

雪之下一口回絕，接著輕笑一下。這有哪裡好笑？

「之前我沒有說過嗎？我不可能跟你成為朋友。」

「是喔……」

「是啊，我這個人從不說謊。」

失言跟毒舌倒是很會，對吧？

不過，我無法對她那句話置之不理。

我已經下定決心，絕不再把自己的理想強加在別人身上。現在是我跟雪之下從這道束縛解放出來的時候。

「其實說謊沒有什麼大不了的，我也常常說謊。」

我不但常說謊，而且說得漂亮說得瀟灑說得清楚說得得意說得日日好日日年年好年如夢似真止於至善！

「明明知道卻說不知道，也沒有什麼關係啊。不能接受這一點，硬是要求對方才有問題。」

說到這裡，雪之下應該能夠明白，我指的正是那天的那一件事。

——入學典禮的早晨。

升上高中的第一天，我發生交通意外。我對全新的生活相當憧憬，提早一小時從家裡出門，準備去參加入學典禮。沒想到這番舉動，卻是日後悲劇的開端。

當時大概是七點鐘左右，由比濱正在高中附近遛狗，她握著的狗繩突然鬆脫，小狗跑出去，偏偏在同一時間，雪之下乘坐的高級轎車駛來。

意外就此發生。

因為這場意外，雪之下雪乃認識了比企谷八幡。

連平時大家顧忌不敢說的話，雪之下都敢大聲說出口，那樣的她卻說自己不認識我，從來不觸及那場意外的話題。

我們之間陷入漫長的沉默。

夕陽逐漸染紅室內，雪之下低著頭一動也不動。

她維持那樣的姿勢，只有嘴脣開闔發出聲音。

「……那不是說謊，當時的我根本不認識你。」

過去好像發生過類似的對話。

不過，接下來的發展大不相同。

雪之下將頭抬起來，正眼直視著我，微笑說道：

「……不過，現在我已經認識（註92）你了。」

看到她的表情，我終於頓悟。

「這樣啊……」

「對，一點也沒錯。」

雪之下顯得相當得意。

不行，我實在贏不了這個傢伙。看到她那種可愛的表情，我根本沒辦法反駁。

註92 此處的認識是指深入瞭解，不僅是表面上知道一個人物。日文中的「知道」與「熟識」皆為「知る」。

無意間，狐狸說過的話閃過我的腦海。

——話語是誤會的泉源。

這句話對極了。

我們無法解開已經造成的誤會，無法讓人生倒帶重來，錯誤的答案將永遠錯誤下去。

因此，為了得到新的正確答案，我會一而再、再而三地重新確認。

過去的我跟雪之下，絲毫不瞭解彼此。

而且，我們不瞭解要到什麼樣的程度，才能算是「瞭解」。

其實只要看看彼此的處境，即可明白這一點。真正的東西不是用眼睛可以看到的，因為，我們總是在不經意間移開視線。

我……

我們……

我們用了將近半年的時間，終於瞭解彼此的存在。

我們將原本只是一個名字與支離破碎印象的人物像，用馬賽克拼貼的方式一片一片填補，最後形成完整的虛像。

儘管這個虛像距離實像還很遙遠，現在先這樣便很足夠。

經過漫長的暑假，和煙火般一閃即逝的校慶，我們總算回歸怎樣都無所謂又讓人束手無策的日常。

如同日常的腳步聲，「咚咚咚」的敲門聲響起。

「嗨囉～」

打開門的人是由比濱結衣。

我想不出她來這裡的理由。沒意外的話，她應該正跟著大夥慶功狂歡才對。

「由比濱？妳來這裡有什麼事？」

「校慶辛苦了～大家一起去參加後夜祭吧！」

「我不去。還有，後夜祭是什麼？」

「連聽都沒聽過就拒絕？小雪乃～走啦走啦～～」

由比濱一坐上自己專屬的座位，亦即雪之下隔壁，立刻搖晃她的身體央求。雪之下顯得有些困擾，但是沒有再拒絕。

「我不是很清楚，那是什麼樣的活動？」

雪之下詢問由比濱，由比濱望向空中思考一會兒。

「嗯……類似……大型慶功宴……的活動吧？」

「妳自己也不知道喔……」

由比濱對這個詞彙的理解太過隨便，我不禁打了個寒顫。雪之下則是撫著下顎思考。

「從字面上判斷，應該可以理解成那跟前夜祭相反吧？」

「沒錯！」

由比濱朝雪之下大力一指，宣布她說的沒錯。等等，那樣真的沒有錯嗎……

她繼續說明，但是可信度不怎麼高。

「這是隼人同學那群人企劃的活動，他們在車站附近的 Live House 訂好場地，而且不只是班上同學，他們還說要盡量邀請所有人參加……」

「原來如此，所以比企谷同學也在邀請名單中？」

「沒有。我跟他們同班，已經算在『班上同學』裡。沒錯吧，由比濱小姐？」

我有些不安地向她確認。

「嗯，擦邊球。隼人同學也有要我來約你。」

「什麼擦邊球……不想約就不要約啊，何必做人情給我？還有，邀請我參加那種活動，我才不會去。我可不想接受這種人情。」

世界上最悲哀的事，莫過於對方出於同情的邀約。這種社交禮儀只會造成雙方不幸，我建議最好趕快廢除。

雪之下見我激動起來，用平穩的語氣安撫開導我。

「不需要那麼抗拒吧。這是難得的機會，何不加入他們，綠葉演員（註93）？」

「喂，不要一派自然地叫錯我的名字。還有綠葉演員是什麼意思？可以不要隨便把我列入演員當中嗎？」

首先，我根本不可能成為綠葉演員，頂多當個路人角色；運氣不好的話，則變

註93 原文為「引き立て役ん」，日文發音類似「比企谷同學」。

成其他演員的跟班；不過最有可能的，是我根本當不成演員。

「別、別這樣嘛，機會難得，去嘛～」

「不用了，就算我去，也只會一個人窩在牆角。破壞大家的心情，我自己也很難受。」

我一邊說，一邊繼續整理要寫的報告。

還是工作好……要拒絕什麼事情時，「工作」是非常好用的藉口。如果我以後真的成為社畜，獨行俠的性格搞不好會更嚴重。

「……有道理，而且後夜祭不是校慶執委會主辦，我確實沒有什麼去的理由。」

「咦～～自閉男有工作要做，去不了也是不得已的，可是小雪乃……」

雪之下重新拾起筆。

「小雪乃，妳在寫什麼？」

「意願調查表。」

「喔～那麼，我等妳寫完。」

「我並沒有說要去……」

看來由比濱是打定主意要等她。儘管雪之下有些困擾，由比濱依然笑咪咪地看著她。嗯，看來雪之下是逃不了了。由比濱說要等，真的會等到天荒地老，誰教她是忠狗性格。

火紅色的夕陽照進室內。

慶典已經落幕。

一切都成定局。

人生永遠無法倒帶重來，即使是這無可救藥的一幕，我們也終將失去。

總有一天，自己一定會為失去的事物後悔——我在心裡這麼想，同時為校慶報告書作結。

# 後記

大家好，我是渡航。

秋天的氣息越來越濃，讀書之秋、藝術之秋、運動之秋……在各式各樣的秋天當中，各位找到了什麼樣的小小秋天（註94）？

秋意漸深，不知隔壁的人在做什麼（註95）？

明眼人一看即知，小弟正忙著工作。

勞動之秋、社畜之秋……我快要受不了啦！

如此這般，《果然我的青春戀愛喜劇搞錯了》第六集終於出爐，劇情中的季節也進入秋天。腳步雖慢，但故事的確正一點一滴地向前推進。

從我開始撰寫這部作品到現在，時間過了一年半，故事中的時間則是半年。時至今日，我終於覺得自己瞭解了這群男男女女，不過，這種瞭解也可能只是自己認為。

總之，接下來的路還很漫長，希望自己能慢慢地、一點一滴地瞭解他們。如果各位讀者願意繼續陪伴，將是我的榮幸。

以下是謝詞。

---

註94「找到小小秋天」為一首日本童謠。

註95 典故出自松尾芭蕉的俳句。

ponkan⑧神，每進入新的一集，您美麗的插畫總是更加進化，請問您是擁有進化祕法的死亡比薩羅（註96）嗎？非常謝謝您。

責編星野大人，我老是把計畫弄得像在急行軍，真的非常對不起。不過，真的不是啦，其實是因為那個……咳咳咳！非常謝謝您。

橘公司大人，現在想想，這部作品的簡稱之所以會出現「蓋爾」，正是你出的計畫。因為你的關係，大家才陷入大混亂，不斷詢問「到底是『果青』還是『我搞錯了』」。我絕對不會原諒你的書腰推薦文（註97）。

各位作家，由於這次的行程實在太緊湊，我才沒有受邀跟大家喝酒。不過渡航深信大家不是討厭我，而是為我著想。謝謝你們。

跨媒體平台的所有相關夥伴，非常謝謝各位的諸多幫忙，這裡的篇幅難以道盡我對各位的感謝，今後也請多多指教。

還有撰寫本書時，我參考了安東尼・聖修伯里著、池澤夏樹（集英社文庫）翻譯的《小王子》。

---

註96「勇者鬥惡龍IV」的最終頭目，擁有七段變身形態。

註97 本集的書腰推薦文是《約會大作戰》的作者橘公司所寫：「回千葉去吧。家人都在等著你……我很期待『果青』的動畫！尤其是橘小町的活躍……啊，不對，現在還是姓比企谷。」前半段改自「快打旋風」角色蓋爾的勝利台詞。「蓋爾」跟「我搞錯了」的原文簡稱只差一個音。

最後是各位讀者。轉眼間，這部作品已進入第六集，託各位的支持，故事終於進入中間點。真的非常感謝各位，故事還要繼續呢（註98）！

那麼，這次請容我在這裡放下筆桿。

十月某日，於千葉縣某處，在漫漫秋夜啜飲暖呼呼的ＭＡＸ咖啡　渡航

註98《七龍珠》龜仙人的台詞。

浮文字

果然我的青春戀愛喜劇搞錯了。6

（原名：やはり俺の青春ラブコメはまちがっている。6）

著者／渡航　封面插畫／ponkan ⑧
譯者／涂祐庭　內文審校／施亞蒨
執行長／陳君平　榮譽發行人／黃鎮隆
協理／洪琇菁　國際版權／黃令歡、梁名儀
執行編輯／呂尚燁　美術編輯／李政儀
企劃宣傳／楊玉如、洪國瑋、施語宸

出版／城邦文化事業股份有限公司　尖端出版
台北市中山區民生東路二段一四一號十樓
電話：（〇二）二五〇〇－七六〇〇
傳真：（〇二）二五〇〇－二六八三
E-mail：7novels@mail2.spp.com.tw

發行／英屬蓋曼群島商家庭傳媒股份有限公司城邦分公司　尖端出版
台北市中山區民生東路二段一四一號十樓
電話：（〇二）二五〇〇－七六〇〇（代表號）
傳真：（〇二）二五〇〇－一九七九

中彰投以北經銷（含宜花東）／楨彥有限公司
電話：（〇二）八九一九－三三六九
傳真：（〇二）八九一四－五五二四

雲嘉經銷／智豐圖書股份有限公司　嘉義公司
電話：（〇五）二三三－三八五二
傳真：（〇五）二三三－三八六三

南部經銷／智豐圖書股份有限公司　高雄公司
電話：（〇七）三七三－〇〇七九
傳真：（〇七）三七三－〇〇八七

一代匯集／香港九龍旺角塘尾道六十四號龍駒企業大廈十樓B＆D室
電話：（八五二）二七八三－八一〇二
傳真：（八五二）二七八二－一五二九

馬新經銷／城邦（馬新）出版集團Cite (M) Sdn. Bhd.
E-mail：cite@cite.com.my

法律顧問／王子文律師　元禾法律事務所
台北市羅斯福路三段三十七號十五樓

二〇一三年十二月一版一刷
二〇二二年八月一版十六刷



**郵購注意事項：**
**1. 填妥劃撥單資料：帳號：50003021戶名：英屬蓋曼群島商家庭傳媒(股)公司城邦分公司。2. 通信欄內註明訂購書名與冊數。3. 劃撥金額低於500元，請加附掛號郵資50元。如劃撥日起 10～14日，仍未收到書時，請洽劃撥組。劃撥專線TEL：(03) 312-4212 ・ FAX：(03) 322-4621。E-mail：marketing@spp.com.tw**

**國家圖書館出版品預行編目資料**

果然我的青春戀愛喜劇搞錯了。6/ 渡航 著;涂祐庭 譯
—1版.—臺北市:尖端出版, 2013.12
面 ; 公分.—(浮文字)
譯自:やはり俺の青春ラブコメはまちがっている。6
ISBN 978-957-10-5379-0(平裝)

861.57 101015957